공부가 되는
긍정 명언

〈공부가 되는〉 시리즈 **33**

공부가 되는
긍정 명언

초판 1쇄 발행 2012년 2월 3일
초판 3쇄 발행 2016년 4월 12일

엮음 글공작소

책임편집 윤소라
책임디자인 노민지

펴낸이 이상순
주 간 서인찬
편집장 박윤주
기획전략팀 인현진
기획편집 유명화, 김초희, 주리아
디자인 유영준, 박희정
마케팅 홍보 김미숙, 이상광, 김종열, 권장규, 박순주

펴낸곳 (주)도서출판 아름다운사람들
주소 (413-756) 경기도 파주시 회동길 103
대표전화 (031)955-1001 **팩스** (031)955-1083
이메일 books777@naver.com
홈페이지 www.books114.net

ⓒ2012, 글공작소
ISBN 978-89-6513-146-5 63800

공부가 되는
긍정 명언

엮음 글공작소 | **추천** 오양환 (前 하버드대 교수)

아름다운사람들

공부가 되는 긍정 명언

아이들이
『공부가 되는 긍정 명언』을
읽으면 좋은 이유

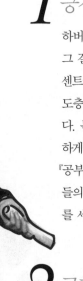

1 긍정 명언은 아이들의 꿈을 세우는 멘토가 됩니다

하버드 대학 학생들을 대상으로 목표 설정에 대한 연구가 진행된 적이 있습니다. 그 결과를 보면, 목표를 세우고 이를 달성하기 위한 뚜렷한 계획을 세운 학생은 3퍼센트에 불과했으며, 세월이 흐른 후 목표와 계획이 뚜렷한 이 3퍼센트만이 사회 지도층에 올라 있었습니다. 목표와 계획이 함께 공부한 학생들의 운명을 바꾼 것입니다. 목표와 계획이란 다른 말로 하면 바로 꿈을 일컫습니다. 아이들이 즐겁게 공부하게 하는 방법은 바로 꿈을 갖게 하는 것입니다.

『공부가 되는 긍정 명언』에서는 뚜렷한 목표를 세우고 그 목표를 이룬 위대한 인물들의 지혜와 통찰력이 깃든 긍정 명언과 일화들을 통해 우리 아이들이 꿈과 목표를 세우는 데 뚜렷한 방향성을 제시하도록 구성했습니다.

2 긍정 명언에는 삶의 지혜와 꿈이 담겨 있습니다

촌철살인의 짧은 문장으로 강한 의미를 전달하는 명언은 오랜 세월 동안 많은 사람의 자신감과 의욕을 북돋아 주었습니다. 우리는 시련을 이겨 내고 끝내 꿈을 이룬 인물들을 보면 그들이 긍정적인 마음가짐으로 자신이 하고자 하는 일을 포기하지 않고 흔들림 없이 꾸준히 노력했음을 알 수 있습니다. 그래서 그들이 남긴 명언 속에는 그들의 경험과 노력, 정신과 사상이 한데 모여 우리에게 교훈을 주기도 합니다. 『공부가 되는 긍정 명언』은 세계적으로 위대한 인물들의 값진 지혜와 성공 비법이 담긴 명언을 엄선한 것으로 우리 아이들이 평생 가슴속에 새길 만한 바른 가치가 담겨 있습니다.

3 자신을 이겨 내는 정신적 가치를 담고 있습니다

어린 시절부터 컴퓨터 세상을 꿈꾸어 자신의 손으로 컴퓨터 시장을 지배한 빌 게이츠, 왜소한 체격에도 꾸준히 노력한 끝에 월드컵 국가 대표로 활약한 박지성, 민족 운동 지도자로 많은 이에게 평화적 투쟁의 본보기를 남기고 지금까지 존경받는 마하트마 간디, 맑은 영혼과 마음을 울리는 이야기로 세계적인 인기를 얻은 파울로 코엘료, 끝없는 실패에도 굴하지 않고 발명왕이 된 에디슨 등. 『공부가 되는 긍정 명언』에는 꿈을 가지고 그 꿈을 이루는 과정에 대한 인물들의 정신적 가치가 함께 담겨 있습니다. 그래서 세계적인 인물들이 자신의 꿈을 이루는 과정에 대한 힘들고 어려움 그리고 그것을 극복해내는 정신적 가치와 과정이 한마디로 응축되어 있습니다. 그래서 꿈을 이루는 단계마다 우리 아이들에게 힘과 용기를 주는 한마디가 될 것입니다.

4 공부의 즐거움을 깨치는 〈공부가 되는〉 시리즈

〈공부가 되는〉 시리즈는 공부라면 지겹게만 여기는 우리 아이들에게 "아, 공부가 이렇게 즐거운 것이구나!" 하는 것을 깨쳐 주면서 아울러 궁금한 것이 많은 우리 아이들의 지적 호기심도 동시에 해결해 주는 시리즈입니다. 공부의 맛과 재미는 탄탄한 기초 교양의 주춧돌 위에 세워질 때 그 효과가 배가됩니다. 그리고 그 기초 교양은 우리 아이들이 학습에서 자기 주도적 능력을 내는 데 큰 밑거름이 됩니다.

『공부가 되는 긍정 명언』은 위대한 인물들의 한마디와 그 일화를 통해 우리 아이들이 뚜렷한 목표를 세우고 가슴에 빛나는 희망을 품는 데 도움을 줄 것입니다. 부디 이 책이 우리 아이들의 가치 있고 바른 인생 설계와 삶을 바르게 가꾸어 나가는 훌륭한 도구가 되기를 바랍니다.

이
왜 안 돼?

어떤 사람들은 있는 그대로의 현실을 보면서
"왜?"라고 하지만,
　나는 없는 현실을 꿈꾸면서
"왜 안 돼?"라고 말한다.

● 로버트 케네디 ●

불행이 키운 성장

　어느 날, 일본의 세계적인 기업가 마쓰시타 고노스케에게 한 직원이 찾아왔어요. 마쓰시타는 세계에서 손꼽히는 가전제품 상표인 '내셔널'의 제작 회사를 세운 사람이에요.

　직원은 마쓰시타에게 물었어요.

　"회장님은 어떻게 하여 이처럼 큰 성공을 거두셨습니까?"

　그러자 마쓰시타가 대답했어요.

　"모든 것은 하늘의 세 가지 큰 은혜를 입은 덕분이지."

　"세 가지 은혜라니요?"

　"첫째, 가난한 환경 둘째, 허약한 체력 셋째, 많이 배우지 못한 것 말일세."

　그의 대답에 어리둥절해진 직원이 되물었어요.

로버트 케네디 1925~1968 ··· 미국의 정치가인 로버트 케네디는 미국 제35대 대통령을 지낸 존 F. 케네디의 동생이에요. 그는 형의 대통령 선거 운동을 도왔으며, 법무장관과 대통령 고문을 지냈어요. 그리고 1968년 대통령 후보로 선거 유세 중 요르단계 이민자에게 저격당해 살해되었어요. 저서로는 『내부의 적』, 『정의의 추구』 등이 있어요.

"이 세상의 불행을 모두 갖고 태어나셨는데도 그게 오히려 하늘의 은혜라고 하시니 이해할 수 없습니다."

그러자 마쓰시타는 웃으며 이렇게 말했답니다.

"나는 가난 속에서 태어났기 때문에 부지런히 일하지 않고서는 잘살 수 없다는 진리를 깨달았다네. 또 약하게 태어난 덕분에 건강의 소중함도 일찍이 깨달아 지금 아흔 살이 넘었어도 30대 수준의 건강을 유지하고 있지. 게다가 겨우 초등학교 4학년을 중퇴한 탓에 배움에 대한 아쉬움이 많았네. 그래서 항상 이 세상 모든 사람을 스승으로 받들어 다양한 지식과 상식을 쌓았지. 이렇듯 불행한 환경이 나를 이만큼 성장시켜 주었으니 어찌 하늘이 준 은혜라 생각하지 않을 수 있겠나."

02

불가능하지 않습니다

200년 전에 노예 해방을 외치면 미친 사람 취급을 받았습니다.

100년 전에 여성에게 투표권을 달라고 하면 감옥에 집어넣었습니다.

50년 전에 식민지에서 독립운동을 하면 테러리스트로 수배당했습니다.

단기적으로 보면 불가능해 보여도 장기적으로 보면 사회는 계속 발전합니다.

그러니 지금 당장 이루어지지 않을 것처럼 보여도

대안이 무엇인지 찾고 이야기해야 합니다.

● 장하준 ●

행위 보존의 법칙

　　자연계에는 성질이나 상태가 변화해도 물질의 양은 변하지 않는다는 '보존 법칙'이 있어요. 이와 마찬가지로 사람의 삶에도 보존 법칙이 존재해요. 우리가 한 행동은 어떤 식으로든 절대 사라지지 않는다는 '행위 보존의 법칙'이에요. 옳건 그르건, 사소하건 대단하건, 우리가 일으킨 행위는 모두 보존되어 세상을 떠돌면서 우리와 우리의 인생을 변화시켜요. 다만 눈에 보이지 않을 뿐이에요.

　　물이 끓으며 증발되어 시야에서 사라진다고 진짜 물이 사라지는 것일까요? 아니에요. 그것은 구름이 되어 다시 물이 될 준비를 하는 거예요. 이처럼 우리가 저지른 행위도 자연계의 보존 법칙을 거스르지는 못해요. 올바른 행위는 올바른 자

장하준 1963~ … 우리나라의 경제학자인 장하준은 케임브리지 대학의 경제학과 교수예요. 그는 세계은행, 아시아 개발 은행, 유럽 투자 은행 등의 자문을 맡기도 했고, 에콰도르의 대통령 라파엘 코레아의 경제 정책에 영향을 준 것으로 유명해요. 대표작으로 『사다리 걷어차기』, 『나쁜 사마리아인들』 등이 있어요.

신과 세상을 만드는 데 일조할 것이고, 옳지 않은 행위는 옳지 않은 자신과 세상을 만드는 데 한 몫할 게 분명해요.

　자, 그렇다면 한번 생각해 보세요. 나는 지금 자신과 인류에 어떤 보탬이 되는 행동을 하고 있는지 말이에요.

03

꿈이 먼저다

꿈을 꿀 수 있다면
그 꿈을 실현할 수도 있다.

• 월트 디즈니 •

꿈을 날짜와 함께 적어 놓으면 목표가 되고,
목표를 잘게 나누면 계획이 되며,
계획을 실행에 옮기면 꿈이 실현되는 것이다.

• 그레그 레이드 •

목표가 있는 사람,
목표가 없는 사람

1994년, 위스콘신 대학에서 목표에 대한 한 가지 연구 결과를 내놓았어요. 그것은 바로 '목표의 유무가 자기 경영에 어떤 영향을 끼칠 수 있는가'에 대한 것이었어요. 그 결과는 다음과 같았지요.

'목표 의식을 가진 사람과 그렇지 않은 사람들은 단어 퍼즐과 같은 두뇌를 사용하는 과제부터 통나무를 베고 자전거 페달을 밟는 신체 활동에 이르기까지 모든 영역에서 뚜렷한 성과의 차이를 보였다. 같은 시간 동안 목표 의식을 가진 벌목꾼들은 그렇지 않은 사람들에 비해 더 많은 나무를 베었고, 운전기사들이 트럭으로 실어 나른 통나무의 양도 60퍼센트에서 90퍼센트로 많아졌다.'

월트 디즈니 1901~1966 ··· 미국의 애니메이션 제작자이자 기업가인 월트 디즈니는 1923년에 형과 함께 '디즈니 브라더스 스튜디오'를 세워 〈운 좋은 토끼, 오스왈드〉 등을 만들어 성공했어요. 이후 회사 이름을 '월트 디즈니 스튜디오'로 바꾸고 〈백설공주〉, '미키 마우스' 시리즈 등으로 세계적인 인기를 얻었어요. 1955년에는 디즈니랜드를 완성해 오늘날까지 사랑받고 있어요.

한편, 목표의 유무가 행동에 미치는 영향은 개미에게도 예외가 아니에요. 사방팔방 무질서하게 돌아다니던 개미에게 먹이를 주면 갑자기 직선을 그리며 똑바로 움직이기 시작해요. 그건 바로 먹이라는 목표가 생겼기 때문이에요.

그러니 앞으로 인생을 어떻게 살아야 할지 혼란스러울 때는 우선 가슴속에 명확한 목표를 심는 것이 가장 중요하답니다.

그레그 레이드 ··· 미국의 기업가인 그레그 레이드는 광고 전문 회사 '워크 스마트' 의 창립자예요. 그는 마케팅 분야에서 오랜 세월 경험을 쌓으며 얻은 교훈을 『10년 후』라는 책에 풀어냈어요. 또한 기업, 대학 등에 연설을 다니며 많은 사람에게 긍정적인 태도와 결단력을 강조하고 있어요.

04

9,000번의 비밀

나는 시합에서 9,000번의 슛을 놓쳤다.
나는 약 300번의 시합에서 졌다.
시합에서 결승골을 넣을 수 있는 기회에
스물여섯 번이나 슛을 실패했다.
나는 내 인생에서 끊임없이 실패했다.
그리고 그것이 내가 성공한 이유이다.

● 마이클 조던 ●

100마리째 원숭이 현상

1950년대, 일본 미야자키 현의 무인도인 코지마에는 원숭이들이 모여 살았어요. 도쿄 대학교 교수들은 이 원숭이들에게 다양한 종류의 먹이를 주면서 원숭이들이 어떻게 먹이 먹는 방법을 배우는지 관찰하였어요.

처음에 원숭이들에게 고구마를 주자, 원숭이들은 고구마에 묻은 흙을 털어 내고 먹었어요. 그러던 어느 날, 한 원숭이가 우연히 고구마를 바닷물에 씻어 먹었어요. 그러자 이것을 본 다른 원숭이들도 하나둘 따라서 고구마를 씻어 먹기 시작했지요.

그렇게 시간이 흐른 뒤, 놀라운 일이 벌어졌어요. 한 마리에서 두 마리, 세 마리…… 그리고 100마리째 원숭이가 고구

마이클 조던 1963~ ··· 미국의 농구 선수인 마이클 조던은 1984년부터 NBA 선수로 활약했어요. 그러다 세 번의 은퇴 선언을 하고 야구 선수로 활동하거나 구단주가 되기도 했어요. 2003년 은퇴 선언 이후 지금까지 여가를 즐기며 자선 활동을 하고 있어요. 그는 '농구 황제'로 불리며 전 농구 역사를 통틀어 가장 위대한 선수로 평가받고 있어요.

마를 바닷물에 씻어 먹자, 코지마에 사는 모든 원숭이가 따라 하게 된 거예요. 그리고 어느새 인근 무인도에 사는 원숭이들, 심지어 고지마로부터 멀리 떨어진 다카사키 산에 사는 원숭이들도 똑같은 행동을 했어요.

　미국의 과학자 라이얼 왓슨은 이것을 바탕으로 '100마리째 원숭이 현상'이라는 이론을 발표했어요. 100마리째 원숭이 현상이란 '어떤 행동을 하는 개체가 점차 늘어 일정한 수를 넘어서면 그 행동은 공간을 초월하여 널리 퍼진다'는 이론이에요.

　다시 말하면, 어떤 일을 할 때 처음에는 성과가 없는 것 같아도 일정 시점이 되면 놀라울 만큼 발전한다는 거예요. 이때 어느 순간 급속히 발전하는 시점, 즉 100마리째 원숭이가 행동을 따라 해서 그 행동이 널리 퍼지는 시점을 '티핑 포인트'라고 불러요. 그러나 대부분의 사람들은 이 티핑 포인트를 만나기 전에 하던 일을 쉽게 포기해 버려요.

05

후회하지 않을
선택을 하라

생의 마지막 순간에 간절히 원하게 될 그것을 지금 하라.

• 엘리자베스 퀴블러 로스, 『인생수업』 중에서 •

용기에는 천재성, 힘 그리고 마력이 들어 있다.

• 요한 볼프강 폰 괴테 •

존 고다드의 모험

존 고다드가 열다섯 살이 되던 해였어요. 고다드는 우연히 할머니와 숙모가 나누는 대화를 듣게 되었지요. 그들은 이야기를 나누는 내내 다음과 같은 말을 반복했어요.

"이것을 내가 젊을 때 했더라면 얼마나 좋았을까?"

깊은 한숨을 내쉬는 그들을 보며 어린 고다드는 결심했어요. 자신은 결코 후회하는 삶을 살지 않겠다고 말이에요.

고다드는 자신의 인생에서 꼭 이루고 싶은 것, 이른바 '희망 목록'을 차곡차곡 적어 나가기 시작했어요. 열 개의 큰 강 탐사하기, 등산하기, 의사가 되어 환자 돌보기, 세계 여행하기, 비행기 조종법을 배워 마르코 폴로의 여행 경로 추적하기, 셰익스피어와 같은 위대한 작가의 작품 읽기 등 목록은 무려

엘리자베스 퀴블러 로스 1926~2004 ··· 스위스의 정신과 의사인 엘리자베스 퀴블러 로스는 세쌍둥이 중 첫째로 태어났어요. 그녀는 취리히 대학에서 정신의학을 공부하고, 미국 등지의 병원에서 죽음을 앞둔 환자들의 진료와 상담을 맡아보며, 인간적인 마지막 삶을 누릴 수 있게 하는 '호스피스' 치료의 새로운 장을 열었어요. 또한 그녀는 말기 환자 500여 명을 인터뷰하며 그들의 이야기를 담은 『죽음의 순간』 등의 책을 써서 널리 사랑받았어요.

127가지나 되었어요.

세월이 흘러, 마흔일곱 살이 된 고다드는 마침내 자신이 정리했던 127가지 목표를 다 이루었어요. 그러나 여기서 멈추지 않고, 그는 곧 또 다른 계획을 세워 실천하면서 지금까지 도전을 멈추지 않고 있어요.

요한 볼프강 폰 괴테 1749~1832 ··· 독일의 시인이자 극작가 · 정치가 · 과학자예요. 독일 고전주의의 대표자로 세계적으로 인정받는 문학가이자 자연 연구가이기도 했어요. 그는 문학이 세계적인 보편성을 띠어야 한다는 생각으로 작품 활동을 하여 독일 문학을 세계적 수준으로 올리는 데 공을 세웠어요. 저서로는 『빌헬름 마이스터의 편력시대』, 『파우스트』 등이 있어요.

06

우직함

우직함이야말로 가장 감사할 능력이다.

만일 지금 성실하게 일하는 것밖에 내세울 것이 없다고 한탄하고 있다면

그 우직함이야말로 가장 감사해야 할 능력이라고 말하고 싶다.

지속의 힘, 지루한 일이라도 열심히 계속해 나가는 그 힘이야말로

인생을 보다 가치 있게 만드는 진정한 능력이다.

• 이나모리 가즈오 •

우연히 탄생한 걸작은 없다

　　르네상스 시대의 대표적인 조각가, 미켈란젤로의 이야기 예요.

　　어느 날, 미켈란젤로가 작업실에서 대리석상을 조각하고 있는데 한 친구가 놀러 왔어요. 친구는 완성 직전에 있는 그의 작품을 한참 동안 감상하고 돌아갔지요.

　　두 달 후, 다시 미켈란젤로의 작업실에 들른 친구는 깜짝 놀랐어요. 미켈란젤로는 여전히 열심히 일하고 있었지만 조각상은 이전과 거의 달라진 게 없었기 때문이었어요.

　　"이게 뭐야. 자네 두 달 동안 게으름만 피웠군그래. 전혀 달라진 게 없잖나."

　　"게으름이라니, 난 내내 작업에 몰두해 있었는데."

이나모리 가즈오 1932~ … 일본의 기업가인 이나모리 가즈오는 '살아 있는 경영의 신'으로 불리며 존경받고 있어요. 그는 전자 기기 회사인 '교세라'와 전기 통신 회사인 '다이니덴덴'을 세웠어요. 오늘날 교세라와 'KDDI'로 이름을 바꾼 다이니덴덴은 세계적인 기업으로 성장하였어요. 또한 그는 자신의 재산을 털어 과학, 기술, 문화에 공을 세운 사람에게 주는 '교토상'과 경영 아카데미도 만들었어요. 효율적인 경영의 모델을 만든 그는 일본의 3대 기업가 중 한 명으로 꼽혀요.

미켈란젤로는 피곤함에 지친 얼굴로 말을 이었어요.

"잘 보게. 표정을 조금 부드럽게 하고, 이쪽은 세밀하게 조절했네. 이쪽 근육도 잘 봐. 탄력이 느껴지지 않나? 손도 좀 더 자연스럽게 변했잖아. 그런데 문제는 아직도 내 마음에 들지 않는다는 거야. 그래서 코와 입술을 좀 더 다듬고 다리 근육도 더욱 힘차게 보이도록 고칠 생각이네."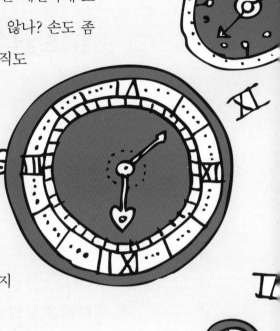

그러자 친구가 비웃으며 말했어요.

"그렇게 사소한 것까지 신경을 써서야 언제 작품이 완성되겠나? 시간 낭비 아닌가? 그런 식으로 질질 끌다가는 절대 작품을 끝내지 못할 걸세."

그러자 미켈란젤로는 단호히 고개를 저으며 말했어요.

"흠, 그럴지도 모르지. 하지만 난 아무리 사소한 것이라도 제대로 하고 싶네. 뛰어난 작품은 쉽게 만들어지는 게 아니라네. 끝의 끝까지 가서 내 눈에 조금도 거슬리는 것이 없을 때, 그때 비로소 작품이 완성되는 거라고 나는 믿고 있다네."

07

두려움을 대하는 방법

당신이 두려워하는 것에 대하여 무엇인가 하는 습관을 만들라.
만일 두려움에 대항하여 당신이 무엇인가를 하면,
그 두려움은 죽어 버린다.
당신이 용기를 내면 보이지 않는 힘이 당신 안에서 일어나게 되고,
당신의 용기 있는 행동은 당신의 용기를 더 증가하게 하여,
당신이 미래에 그 두려움과 마주치게 될 때에
당신을 더 강하고 용감하게 만들어 줄 것이다.

당신은 매번 성공을 보장받지는 않는다.

그러나 당신이 발자국을 떼어 앞으로 나아갈 때마다

두려움은 점점 수그러질 것이고

이와 반대로 당신의 용기와 확신은 더 증가할 것이다.

그렇게 되면 당신은 그 어느 것도 두려워하지 않게 될 것이고

마침내 당신이 바라던 그 무대에 서게 될 것이다.

● 랄프 왈도 에머슨 ●

랄프 왈도 에머슨 1803~1882 ··· 미국의 시인이자 철학자인 랄프 왈도 에머슨은 하버드 대학 신학부를 졸업하고 목사
가 되었어요. 하지만 그가 가진 사상적 자유로움이 보수적인 교회와 부딪히자 1835년, 그는 스스로 목사직에서 물러났어요. 이후
그는 기독교적인 인생관을 비판하고 인간을 신뢰하고 존중하는 개인주의 사상을 주장하여 미국 철학사에 많은 영향을 주었어요.

수영을 배우는 유일한 방법

"준비가 되지 않아서 곤란하다는 것은 수영하는 법을 배우기 전까지는 물에 들어갈 수 없다는 말과 마찬가지다. 하지만 물에 들어가지 않고는 수영하는 법을 배울 수 없는 법이다."

이 말은 미국의 유명한 흑인 인권 운동가인 마틴 루서 킹이 한 말이에요. 그렇지만 사실, 생각이 행동으로 이어지는 것은 매우 어려운 일이에요. 어느 연구 결과에서는 '생각한 것을 72시간 안에 행동으로 옮기지 않으면 그 생각이 실현될 가능성은 거의 없다'고 했을 정도니까요.

하지만 미국의 방위 산업 회사인 유나이트 테크놀로지가 경제 신문 〈월스트리트 저널〉에 냈던 이런 글이 있어요.

당신은 지금까지 수없이 실패해 왔다.
당신이 그것을 기억하지 못할지라도.
당신은 걸음마를 배울 때 수없이 넘어졌다.

처음으로 수영을 배울 때는 물을 너무 많이 먹어 익사할 뻔한 적도 있었다.

처음으로 야구 방망이를 휘둘렀을 때 공을 맞힐 수나 있었는가?

홈런을 가장 많이 친 사람들은 삼진 아웃을 가장 많이 당한 사람들이기도 하다.

08

일단 먼저 해 봐

절벽에서 뛰어내린 다음 날개를 만들어라.

• 레이 브래드버리 •

나이키가 아디다스를 이긴 방법

미국의 스포츠 용품 회사인 나이키는 세계적으로 매우 유명해요. 그러나 그들도 처음부터 최고는 아니었어요.

나이키가 세워진 지 얼마 되지 않았던 초창기 때, 나이키의 목표는 이미 명성을 날리고 있던 또 다른 스포츠 용품 회사인 아디다스를 뛰어넘는 것이었어요. 하지만 아디다스에 비하면 한낱 애송이에 불과한 나이키가 아디다스와 경쟁하기란 결코 쉬운 일이 아니었어요.

그때, 나이키는 다음과 같은 슬로건을 내세워 스스로를 북돋웠어요.

"Just do it."

'일단 해 봐'라는 뜻이에요. 힘겨운 장벽에 부딪혔을 때, 나

레이 브래드버리 1920~ ··· 미국의 소설가인 레이 브래드버리는 미국 환상 문학의 대가로 손꼽혀요. 그는 주로 환상 소설, 공상 과학 소설, 추리 소설 등을 쓰고 있어요. 그의 작품은 현대의 과학만능주의 때문에 사라져 가는 인간성의 회복을 세련된 문체로 섬세하고도 날카롭게 그려 냈어요. 대표작으로는 『화성 연대기』, 『문신을 한 사나이』 등이 있어요.

이키는 두려움에 휩싸여 망설이는 대신, 과감히 도전하고 행동하기를 선택한 거예요.

몇 년 후, 결국 나이키는 아디다스를 제치고 세계에서 가장 큰 스포츠 용품 회사가 되었어요.

09

노력은
그냥 사라지지 않는다

당신이 하는 모든 노력에는 보상이 있을 것이다.
보상이 늦으면 늦을수록 더 크게 이루어질 것이다.
복에 복을 더하는 것이
신이 베푸는 관례이고 법칙이기 때문이다.

• 랄프 왈도 에머슨 •

마시멜로 법칙

　　미국 스탠퍼드 대학의 유명한 심리학 박사가 네 살짜리 어린이 600여 명을 대상으로 한 가지 실험을 했어요. 그건 바로 아이들에게 달콤한 마시멜로를 하나씩 나누어 주면서 15분 동안 마시멜로를 먹지 않고 참으면 상으로 마시멜로를 한 개 더 주겠다고 한 거예요.

　　박사는 마시멜로를 나누어 준 후 방을 떠났고, 15분 후 되돌아왔을 때 결과는 제각각이었어요. 어떤 아이들은 박사가 방을 나서자마자 마시멜로를 먹어 버리기도 했고, 잠깐 참아 보려고 했지만 채 1분도 넘기지 못하고 마시멜로를 먹어 버리기도 했어요.

　　그런데 어떤 아이들은 박사가 방에 돌아올 때까지 마시멜

랄프 왈도 에머슨 1803~1882 ··· 미국 교회의 목사에서 사임한 랄프 왈도 에머슨은 유럽으로 떠났다가 1835년에 돌아왔어요. 그리고 줄곧 뉴햄프셔 주의 콩코드에 살면서 '콩코드의 철학자'로 불렸어요. 그는 플라톤의 영향을 받아 물질보다 정신을 중시하였어요. 저서로 『자연론』, 『대표적 위인론』 등이 있어요.

로를 먹지 않고 꾹 참고 있기도 했어요. 그 아이들은 마시멜로의 달콤한 유혹에서 벗어나려고 혼잣말을 하거나 노래를 불렀어요. 박사는 이 아이들에게 약속대로 마시멜로를 한 개씩 더 주었어요.

10여 년 후, 박사는 마시멜로를 바로 먹은 아이들과 유혹을 참고 한 개를 더 먹은 아이들이 어떤 청소년이 되었는지 비교 분석해 보았어요. 그러자 놀라운 결과가 나타났어요. 15분을 더 기다려 마시멜로를 한 개 더 받은 아이들이 그렇지 않은 아이들보다 학업 성적도 높고 친구들과의 관계도 원만했을 뿐만 아니라 스트레스를 효과적으로 관리하는 능력도 갖추고 있었던 거예요.

마시멜로 실험은 삶을 살아가는 데 있어 원하는 것을 얻기까지의 참고 기다림, 다시 말해 인내의 중요성을 보여 주고 있어요.

10

상선약수

물은 항상 낮은 곳으로 흐르고
자신의 몸을 더럽혀 남을 깨끗하게 하지만
이를 자랑하는 법이 없다.
물은 만물에 그리고 모두가 싫어하는 낮은 곳을 향해
날마다 자기를 낮추며 흐른다.
바위를 만나면 몸을 나누어 비켜 가고
산이 가로막으면 멀리 돌아서 간다.

진실로 훌륭한 인물은 사납지 않으며

진실로 잘 싸우는 사람은 화내지 않으며

진실로 강한 사람은 상대와 싸우지 않으며

진실로 남을 잘 부리는 사람은 남 밑에 머문다.

• 노자,『도덕경』중에서 •

노자 ?~? ⋯ 중국의 춘추 전국 시대 철학자인 노자는 도가 사상의 창시자예요. 주나라의 신하였으나, 주나라의 기세가 약해지자 이를 탄식하며 관직에서 물러나 서쪽으로 떠났어요. 저서로는 도가 사상의 효시로 일컬어지는 『도덕경』이 있어요. 『도덕경』은 『노자』로도 불리며, 자연에 순응하고 인간의 지식이나 욕심을 멀리해야 한다는 '무위자연' 사상이 담겨 있어요.

물이 새는 물통

    어느 마을에 매일 물통을 메고 멀리 떨어진 우물에서 물을 퍼오는 사람이 있었어요. 그가 사용하는 물통은 두 개였는데 한 개는 멀쩡한 것이었고 다른 한 개는 물이 새는 것이었지요.

    물이 새는 물통은 자신이 쓸모없이 느껴져 답답하기만 했어요. 집에 돌아가면 멀쩡한 물통은 늘 물이 가득 차 있었지만, 자신은 언제나 물을 반이나 줄여 버렸으니까요.

    속상해하던 물이 새는 물통은 결국, 주인에게 말했어요.

    "주인님, 죄송해요. 저 때문에 매일 주인님이 길어 온 물이 절반밖에 안 되잖아요. 매번 몇 번을 더 다녀야 하는 수고를 끼치게 해서 죄송해요. 차라리 저를 버리고 새것으로 바꾸세요."

    그러나 주인은 이렇게 말할 뿐이었어요.

    "다음번 물을 길러 갈 때 우리가 지나가는 오솔길을 꼼꼼히 살펴보렴."

    다음 날, 주인은 여느 때와 같이 우물에 갔어요. 물이 새는

물통은 주인이 말했던 대로 오솔길을 유심히 살펴보았지요.
그리고 잠시 후, 그는 눈앞에 펼쳐진 놀라운 광경에 할 말을
잃고 말았어요. 그와 주인이 매일같이 오가던 그 길에 예쁘고
앙증맞은 들꽃이 지천으로 피어 있었던 거예요.

그때, 꽃 한 송이가 물이 새는 물통을 알아보고 인사했어요.

"물이 새는 물통님, 당신의 몸에서 새어 나온 물을 마시고
저희는 이렇게 쑥쑥 자라날 수 있었어요. 정말 고마워요."

쓸모없어 보이던 물이 새는 물통도 실은 쉽고 편리한 관개
용 도구로 활용되고 있었던 거예요. 이처럼 세상에 태어난 모
든 것은 존재할 만한 귀중한 이유가 있답니다.

11

위대한 사람

누구나 위대한 사람이 될 수 있다.

왜냐하면 누구나 남에게 필요한 존재가 될 수 있으니까.

좋은 대학을 가고 학위를 따야만 남에게 필요한 존재가 되는 건 아니다.

학식 있고 머리가 좋아야만 할 수 있는 것도 아니다.

사랑할 줄 아는 가슴만 있으면 된다.

영혼은 사랑으로 성장하는 것이니까.

그리고 이것은 진실이니까.

● 마틴 루서 킹 ●

세상에서 가장 강한 것
『탈무드』

세상에는 강한 것이 열두 가지 있다.

우선 돌이 강하다. 그러나 돌은 쇠에 깎인다.

그리고 쇠는 불에 녹아 버린다.

불은 물에 꺼지며, 물은 구름에 흡수되고, 구름은 바람에 날린다.

그러나 바람도 인간을 날려 보내지는 못한다.

그러나 그 인간도 괴로움에는 참혹하게 깨져 버린다.

괴로움은 술을 마시면 사라지고, 술은 잠을 자면 깨지만,

잠도 죽음만큼 강하지는 않다.

그러나 그 죽음조차도 사랑을 이기지는 못한다.

마틴 루서 킹 1929~1968 ··· 미국의 목사이자 흑인 인권 운동가인 마틴 루서 킹은 간디의 영향을 많이 받았어요. 그래서 1968년에 암살당할 때까지 비폭력주의를 바탕으로 흑인의 인권을 찾기 위해 노력했어요. 그의 대표적인 활동으로 1955년 시내 버스의 흑인 차별 대우에 반대한 '몽고메리 버스 보이콧 투쟁' 이 있어요. 그의 이러한 노력은 세계적으로 인정받아 1964년 노벨 평화상을 받았어요.

12

그럼에도 불구하고

아, 사람들은 때로 믿을 수 없을 정도로 이기적이다.

그럼에도 불구하고 그들을 용서하라.

당신이 친절을 베풀면 사람들은 당신에게

숨은 의도가 있다고 비난할 것이다.

그럼에도 불구하고 친절하라.

오늘 당신이 하는 일은 내일이면 잊힐 것이다.

그럼에도 불구하고 좋은 일을 하라.

가장 위대한 생각을 하는 가장 위대한 사람일지라도

가장 작은 생각을 하는 가장 작은 사람들의 총탄에 쓰러질 수 있다.

그럼에도 불구하고 위대한 생각을 하라.

당신이 가진 최고의 것을 세상과 나누라.

언제나 부족해 보일지라도.

그럼에도 불구하고 최고의 것을 세상에 주라.

• 인도의 마더 테레사 본부 벽에 적혀 있는 글 중에서 •

마더 테레사 1910~1997 ··· 유고슬라비아의 알바니아계 출신의 로마 가톨릭 수녀인 마더 테레사의 본명은 아그네스 곤자 보야지우예요. 그녀는 1928년 수녀원에 들어가 인도 콜카타에서 활동했어요. 그리고 1950년 '사랑의 선교 수녀회' 를 세우고 45년간 빈민과 병자, 고아, 죽어 가는 사람들을 위해 헌신하였어요. 가난한 이들을 대변하는 인도주의자로 그녀는 1979년 노벨 평화상을 받았어요.

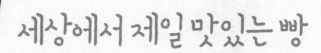

세상에서 제일 맛있는 빵

마더 테레사가 인도 동부에 있는 콜카타에서 생활할 때의 이야기예요. 당시 그녀는 로레토 수녀회 소속의 한 학교에서 아이들을 가르치고 있었어요.

어느 날, 한 동료 수녀가 마더 테레사를 찾아와 말했어요.

"수녀님, 아이들에게 줄 음식이 하나도 없어요. 곧 점심시간인데 어떻게 하죠?"

하지만 마더 테레사도 어찌할 방도가 없었어요. 몇 달 전부터 학교 재정이 악화되어 음식을 살 돈이 없었기 때문이었어요. 그녀는 참담한 마음으로 깊은 한숨을 내쉬었어요.

바로 그때였어요. 먹음직스런 빵을 가득 실은 트럭 한 대가 학교로 들어왔어요. 마더 테레사는 어리둥절한 표정으로 트럭을 몰고 온 기사에게 물었지요.

"이게 웬 빵입니까?"

그러자 그가 대답했어요.

"아시다시피 정부에서는 각 학교의 가난한 학생들을 위해 매일 한 조각의 빵과 우유를 공급해 오고 있습니다. 그런데 오늘, 갑자기 학교가 전부 휴교했지 뭡니까. 그래서 남은 음식들을 전부 여기로 가져온 겁니다."

그 순간, 마더 테레사는 무릎을 꿇고 하느님께 감사 기도를 올렸어요.

'하느님, 감사합니다. 주님의 은총으로 아이들을 굶주리지 않게 하시니 감사합니다.'

그리고 그녀는 누군가를 진정으로 돕고자 하면 반드시 길이 있게 마련이라는 것을 깨달았어요.

결국 그날, 마더 테레사는 아이들에게 맛있는 점심을 줄 수 있었답니다.

13

최고의 비극

인생에 있어 비극은 죽음이 아니라
사랑을 멈추는 것이다.

• 서머싯 몸 •

누구를 초대할까?

어느 날, 한 여인이 자신의 집 앞에 앉아 있는 세 천사를 발견했어요.

"왜 여기 앉아 계세요? 저희 집에 초대할 테니 식사라도 하고 가세요."

그러자 한 천사가 말했어요.

"우리 셋이 한꺼번에 들어갈 수는 없답니다."

"아니, 왜요?"

여인의 질문에 이번엔 또 다른 천사가 대답했어요.

"내 이름은 부(富)입니다. 그리고 이 천사는 성공, 저 천사는 사랑이지요. 우리 셋 중 누구를 초대할지 가족들과 상의해 보세요."

서머싯 몸 1874~1965 ··· 영국의 소설가이자 극작가인 서머싯 몸은 처음에 의학을 공부했지만, 후에 문학으로 길을 바꾸었어요. 제1·2차 세계 대전 때 영국의 정보 기관원으로 일한 적도 있으며, 그때의 체험을 소설로 쓰기도 했어요. 대표작으로 『달과 6펜스』, 『인간의 굴레』 등이 있어요.

여인은 집으로 들어가 남편과 상의했어요. 그러자 남편은 매우 기뻐하며 부를 초대하자고 했어요. 하지만 아내는 고개를 저었어요.

"부보다는 그래도 성공이 낫지 않아요? 나는 성공을 초대하고 싶어요."

부부는 좀처럼 의견을 모으지 못했어요. 그러자 곁에 있던 딸이 말했어요.

"엄마, 아빠. 부와 성공보다는 사랑이 나을 것 같아요. 사랑을 초대해요."

부부는 가만히 생각해 보고는 이내 고개를 끄덕였어요.

"그래, 듣고 보니 네 말이 맞는 것 같다. 사랑을 초대하자꾸나."

여인은 얼른 밖으로 나가 천사들을 둘러보며 말했어요.

"어느 분이 사랑이신가요? 저희는 사랑을 초대하기로 했답니다."

그러자 사랑의 천사가 일어나 집 안으로 들어섰어요. 그런데 웬일인지 나머지 성공과 부, 두 천사도 벌떡 일어서더니 그 뒤를 따라오는 게 아니겠어요?

의아해진 여인이 그 이유를 묻자 두 천사가 대답했어요.

"만일 당신이 부나 성공을 초대했다면 나머지 둘은 따라 들어가지 않았을 겁니다. 하지만 당신이 사랑을 초대했기 때문에 우리도 가는 겁니다. 사랑이 가는 곳엔 늘 부와 성공도 따르게 되어 있거든요."

이처럼 행복의 문을 여는 열쇠는 바로 사랑이랍니다.

14

욕심을 뽑아야 한다

뿌리가 깊이 박힌 나무는
베어도 움이 다시 돋는다.
욕심을 뿌리째 뽑지 않으면
다시 자라 괴로움을 받게 된다.
탐욕에서 근심이 생기고,
탐욕에서 두려움이 생긴다.
탐욕에서 벗어나면
무엇이 근심되고 무엇이 두려우랴.

• 『법구경』 •

욕심쟁이 거미

어느 날, 거미 한 마리가 집을 짓기에 완벽한 장소를 발견했어요. 그곳은 낡은 집의 처마 아래로 궂은 날씨에도 몸을 피할 수 있고 벌레들도 많이 모여드는 곳이었어요. 거미는 거미줄을 뽑아내어 부지런히 집을 짓기 시작했어요.

초저녁이 되자 거미는 드디어 거미집을 완성했어요. 거미는 멋진 침상에서 흐뭇해하며 첫 번째 먹잇감을 기다렸어요.

그날 저녁, 작은 벌레들이 거미집 가까이 날아와 거미줄에 여러 마리가 걸렸어요. 거미는 독액으로 벌레들을 마비시켜 거미집 가장자리의 저장고로 옮겼어요. 거미는 첫째 날 밤에 이미 일주일치 식량을 얻은 것이었지요.

거미는 점점 더 욕심이 생겼어요. 그래서 욕심쟁이 거미는

『**법구경**』 ··· '법구'란 '진리의 말씀'이라는 뜻으로, 『법구경』은 인도의 승려인 법구가 석가모니의 가르침을 모아 엮은 불교 경전이에요. 실생활과 밀접한 관련이 있는 내용으로 인생을 살아가는 데 있어 지침이 될 만하여 널리 알려져 있어요.

일부러 다른 거미집들의 꼭대기에 큰 거미집을 지었어요. 그리고 처마 아래로 날아드는 벌레들 대부분을 가로챘어요. 욕심쟁이 거미의 거미집을 피한 아주 적은 수의 벌레들만이 다른 거미집에 잡혔고, 다른 거미들은 먹잇감이 부족해 늘 굶주리게 되었어요.

얼마 후, 더는 욕심쟁이 거미와 같은 처마 밑에서 살 수 없겠다고 생각한 다른 거미들은 하나둘 떠나 버렸어요.

욕심쟁이 거미만 혼자 남자 벌레들은 더욱 많이 잡혔어요. 그러나 이때부터 욕심쟁이 거미의 그물에 문제가 생겼어요. 매일 밤 너무 많은 벌레가 잡히다 보니, 혼자 그것들을 다 먹어치울 수가 없었던 거예요.

결국, 욕심쟁이 거미의 그물은 축 처지기 시작했어요. 그리고 얼마 못 가서 여러 갈래로 찢어져 버렸지요. 그리하여 욕심쟁이 거미는 또다시 집 없는 신세가 되고 말았어요.

15

나와 남

최고의 도덕이란 끊임없이 남을 위한 봉사,
인류를 위한 사랑으로 일하는 것이다.

보상을 바라지 않는 봉사는 남을 행복하게 할 뿐만 아니라,
우리 자신도 행복하게 한다.
이것이 인간과 짐승의 다른 점이다.

● 마하트마 간디 ●

어리석은 양치기

어느 마을에 욕심 많은 양치기가 살고 있었어요. 그는 여느 때처럼 초원에서 양 떼를 몰고 있었어요. 그런데 양 떼의 틈으로 갑자기 산양 한 마리가 끼어들었어요. 양치기는 산양이 곧 산속으로 돌아가겠거니 생각하여 내버려 두었어요.

하지만 날이 저문 뒤에도 산양은 떠날 생각을 하지 않았어요. 결국 양치기는 산양을 자신의 양 떼와 같은 우리에 가두었어요. 기분이 무척 좋아진 양치기는 이렇게 중얼거렸어요.

"이게 웬 떡이람. 산양 한 마리를 거저 얻었구나."

다음 날, 비가 온 탓에 양치기는 양 떼를 데리고 초원으로 나갈 수 없었어요. 그래서 그는 우리 안으로 먹이를 던져 주었지요. 양치기는 원래 키우던 양들에게는 적은 양의 먹이를

마하트마 간디 1869~1948 ⋯ 인도의 민족 운동 지도자인 마하트마 간디는 '인도 건국의 아버지'로 불려요. 영국에서 변호사로 활동했던 그는 남아프리카에서 인종 차별에 반대하는 투쟁 단체를 조직하여 활동하였어요. 또한, 제1차 세계 대전 이후 인도에서 '사티아그라'라는 조직을 구성하여 영국으로부터 인도의 독립을 이끌어 냈어요. 이 과정에서 그는 비폭력, 무저항주의 투쟁을 통해 많은 이에게 평화적 투쟁의 본보기를 남겼어요.

주고 새로 들어온 산양에게는 많은 양의 먹이를 주었어요.

'내가 이렇게 잘해 주면 산양은 결코 산으로 돌아가지 않을 거야.'

양치기는 만족스러운 미소를 지었어요.

며칠 후, 날씨가 화창해지자 양치기는 양 떼와 산양을 몰고 들판으로 나갔어요. 비가 온 뒤라 햇살은 더없이 밝았어요.

바로 그때였어요. 산양이 산을 향해 도망치기 시작한 거예요. 양치기는 황당한 표정으로 외쳤어요.

"이 나쁜 녀석아, 은혜도 모르고 어디로 도망가는 거냐?"

그러자 산양이 대답했답니다.

"당신은 오랫동안 키워 온 양들보다 단 며칠밖에 함께 있지 않았던 내게 더 친절했어요. 만약 새로운 양이 또 들어오면 나도 푸대접할 게 뻔하잖아요? 그러니 나는 당신을 믿고 따를 수 없어요!"

16

행동하는 양심

어둠은 빛을 이겨 본 적이 없다.

• 천주교 정의 구현 전국 사제단 •

달라이 라마가
사랑받는 이유

어느 날, 티베트의 정신적 지도자인 달라이 라마에게 한 기자가 물었어요.

"당신은 왜 그토록 인기가 좋은 걸까요? 당신의 어떤 점이 모든 사람으로 하여금 당신을 그토록 따르게 한다고 생각하십니까?"

달라이 라마는 대답했어요.

"나 자신에게 특별한 점이 있어서는 아닌 것 같습니다. 다만, 나는 무엇보다 긍정적인 사고방식을 가지고 있습니다. 물론 때로 흔들릴 때가 있기는 합니다. 하지만 가능하면 어떤 상황에서도 나쁜 생각은 하지 않고, 누구의 탓도 하지 않으려 노력합니다. 또한 나 자신보다 다른 사람들을 더 많이 생각하

천주교 정의 구현 전국 사제단 ⋯ 우리나라의 가톨릭 신부들로 구성된 종교 단체인 천주교 정의 구현 전국 사제단은 1974년 설립되었어요. 오늘날 전국 가톨릭 신부 중 3분의 1가량 참여하고 있으며, 인권 회복과 민주화를 위한 운동을 통해 사회 정의를 실천하기 위해 노력하고 있어요.

려고 애씁니다. 한마디로 다른 사람들이 나보다 훨씬 소중한
존재라고 여기는 겁니다. 당신 말대로 사람들이 나를 좋아한
다면, 아마도 이런 이유에서가 아니겠습니까?"

17

하루하루 전력을 다하라

시간이 언제나 당신을 기다리고 있다고 생각하지 마라.
게을리 걸어도 결국 목적지에 도달할 것이라는 생각은 잘못이다.
하루하루 전력을 다하지 않고는 그날의 보람이 없을 것이며,
동시에 최후의 목표에 능히 도달하지 못할 것이다.

• 요한 볼프강 폰 괴테 •

가장 행복한 인간은 자신이 살아온 인생을
정신적으로든 육체적으로든 큰 고통 없이
되돌아볼 수 있는 사람이다.
과거에 생기 있는 아름다움을 지녔었다는 사실은
그에게 훗날 아무런 도움도 되지 못하는 것들이다.
따라서 이러한 것으로 행복의 가치를 잰다는 것은
잘못된 자로 행복을 재는 것과 같다.

● 아르투르 쇼펜하우어 ●

요한 볼프강 폰 괴테 1749~1832 ··· 독일 문학의 거장인 괴테는 친구인 요한 케스트너의 약혼녀를 짝사랑했던 경험을
토대로 『젊은 베르테르의 슬픔』을 써서 선풍적인 인기를 얻었어요. 이후 그는 바이마르 공국의 군주 카를 대공의 신임을 얻어 공
직을 수행하기도 하였지요. 그러나 그는 1831년, 이전에 중단했던 『파우스트』의 집필을 다시 시작했어요. 완성까지 무려 60여
년이 걸린 『파우스트』는 세계 문학사에 명작으로 손꼽히고 있어요.

 공부가 되는 긍정 명언

예수와 악마의 초상

옛날, 어느 마을에 예수 그리스도의 초상을 그리고자 하는 화가가 있었어요. 그는 방방곡곡을 돌아다니며 모델을 찾아 헤맸어요. 하지만 예수 그리스도의 성스러움을 가진 이를 발견하기란 쉽지 않은 일이었지요.

그러던 어느 날, 화가는 드디어 자신이 원하던 모델을 찾아냈어요. 눈부실 만큼 수려한 용모를 가진 그는 화가가 상상해 왔던 예수 그리스도 그 자체였어요. 화가는 그를 모델로 하여 순식간에 초상화를 완성했어요. 그의 초상화는 널리 알려져 많은 사람의 찬사를 받았어요. 특히 그림 속 모델의 얼굴을 두고 사람들은 감탄을 금하지 못했지요.

몇 년 후, 화가는 악마의 초상을 그리기로 마음먹었어요.

아르투르 쇼펜하우어 1788~1860 ··· 독일의 철학자인 아르투르 쇼펜하우어는 염세주의 철학을 주장한 것으로 유명해요. '염세주의'란 세계나 인생을 불행하고 비참한 것으로 보며, 진보할 수 없다고 보는 사상이에요. 그는 염세주의에서 벗어나려면 엄격한 금욕으로 삶의 욕구를 뛰어넘어야 한다고 주장했어요. 그의 주장은 당대에는 인정받지 못했으나, 19세기 후반에 널리 알려졌어요.

예수의 모델을 찾을 때와는 달리, 악마의 모델을 구하는 것은 그리 어렵지 않았어요. 그는 한달음에 감옥으로 달려가 가장 흉악한 용모의 죄수를 찾았어요. 그리고 조심스러운 목소리로 그에게 말했어요.

"내 작품의 모델이 되어 주겠소?"

그러자 죄수가 갑자기 울음을 터뜨리면서 말했어요.

"기억하지 못하십니까? 저는 몇 년 전 당신 그림의 모델이었습니다. 그때 당신은 예수를 그렸죠."

죄수의 말을 들은 화가는 깜짝 놀랐어요.

"아니, 그런데 왜 지금은 이렇듯 흉악하고 끔찍하게 변한 거요?"

죄수는 후회 가득한 눈으로 화가를 바라보며 대답했어요.

"젊은 시절, 나는 아름다운 외모로 쉽게 돈을 벌 수 있었습니다. 그러나 그 돈으로 흥청망청 먹고 마시며 온갖 나쁜 짓만 해 댔습니다. 그리고 어느 날 정신을 차려 보니 이렇게 감옥에 갇혀 있었습니다."

예수 그리스도처럼 아름답던 그의 얼굴은 그가 살아온 인생을 따라 악마와 같이 변해 버린 것이었답니다.

18

자유의 진짜 의미

자유는 책임을 뜻한다.
이 때문에 대부분의 사람들이 자유를 두려워한다.

• 버나드 쇼 •

인간의 행복이란 자유에 있지 않고
의무를 수행하는 데 있다.

• 앙투안 드 생텍쥐페리 •

자유로운 기차

매일 같은 레일 위를 달려야 하는 기차가 있었어요. 기차는 레일 위를 달리며 늘 주변의 강과 숲, 드넓은 들판을 바라보았어요. 그 아름다운 풍경에 기차는 그만 마음을 빼앗겼어요.

"아, 나도 저 숲에서 바람과 더불어, 새와 함께 살 수 있다면 얼마나 좋을까."

기차는 매일같이 같은 길을 달려야 하는 자신이 싫어졌어요.

어느 날, 기차는 자신이 그토록 바라던 자유와 휴식을 얻었어요. 이제 기차는 더 이상 똑같은 레일 위를 달리지 않아도 되고, 매일 하던 일을 반복하지 않아도 되었어요.

기차는 숲에 누워 들판을 바라보며 기뻐했어요. 그런데 다음 순간, 자신이 이제껏 누려 왔던 모든 것을 잃었다는 것을

버나드 쇼 1856~1950 … 영국의 극작가이자 소설가, 비평가인 버나드 쇼는 사회 문제에 많은 관심을 가졌어요. 그는 카를 마르크스의 『자본론』을 읽고, 그의 영향을 많이 받았어요. 또한 제1차 세계 대전 당시 전쟁에 반대하였고, 작품을 통해 사회 문제를 폭로하려 했어요. 대표작으로는 『인간과 초인』 등이 있으며 1925년 노벨 문학상을 받았어요.

깨달았어요. 이제 기차에 올라 여행의 기쁨을 말하는 이도, 출발을 알리는 기적 소리도, 기차를 쓸고 닦는 손길도 없었어요.

기차는 점점 녹슬어 갔어요. 그리고 레일 위를 마음껏 달리는 다른 기차들을 보며 부러워할 수밖에 없었어요.

이처럼 자유는 책임과 함께 오는 거예요. 책임만큼의 자유만 찾아오고, 자신의 책임을 다했을 때에야 비로소 자유를 누릴 수 있어요.

앙투안 드 생텍쥐페리 1900~1944 ··· 프랑스의 소설가인 앙투안 드 생텍쥐페리는 1920년부터 공군으로 조종사 훈련을 받았어요. 그는 진정한 삶의 의미를 사람과 사람 사이의 유대 관계에서 찾으려 했어요. 대표작으로는 『야간 비행』, 『어린 왕자』 등이 있으며, 그는 제2차 세계 대전 당시 비행 조종사로서 비행 도중 행방불명되었어요.

19

열린 문

당신은 의지의 주인이 되라.

• 유대인 속담 •

행복의 문 하나가 닫히면 다른 문이 열린다.
하지만 우리는 닫힌 문을 너무 오래 바라보느라
열린 문을 보지 못한다.

• 헬렌 켈러 •

우리들의 한쪽 눈은 인생의 좋은 부분을 보고
다른 한쪽 눈은 나쁜 부분을 본다.
전자의 눈을 감아 버리는 나쁜 버릇을 지닌 사람은 많으나
후자의 눈을 감는 사람은 드물다.

● 볼테르 ●

헬렌 켈러 1880~1968 ··· 미국의 저술가이자 사회사업가인 헬렌 켈러는 시각, 청각 장애인으로 보지도, 듣지도, 말하지도
못했어요. 그렇지만 1900년에 장애인으로서는 세계 최초로 하버드 대학에 입학하여 1904년에 우등생으로 졸업하였어요. 이후
세계를 돌아다니며 자신과 같은 장애인을 위한 교육과 사회 복지 시설을 개선하는 데 공헌하여 '빛의 천사' 라고 불려요.

심리적 사망

1883년 네덜란드의 한 병원에서 '사람은 얼마만큼의 피를 흘려야 사망하는가'에 대한 실험이 행해졌어요. 실험 대상은 부아메드라는 사형수였는데, 그는 잔뜩 긴장한 나머지 부들부들 떨고 있었지요.

담당 의사들은 부아메드를 침대에 눕히고 눈을 가린 채 몸을 묶었어요. 그러고는 큰 소리로 떠들어 댔어요.

"사람 몸에서 3분의 1 정도의 피를 뽑아내면 틀림없이 죽는다네."

"그렇다더군. 어디 한번 죽는지 사는지 실험해 보자고."

그들은 부아메드의 엄지발가락에 메스를 갖다 댔어요. 그러고는 침대 밑에 용기를 놓고 그 안으로 물방울을 떨어뜨렸

볼테르 1694~1778 ··· 프랑스의 계몽주의 작가인 볼테르는 투철한 비판 정신으로 사회 문제를 작품에 많이 다루었어요. 그래서 그는 '풍자 시인' 이라는 이름을 얻었으며, 신앙과 언론의 자유를 추구하는 합리주의 계몽 사상가로 활동하였어요. 대표작으로 『자디그』, 『캉디드』 등이 있어요.

어요. 마치 발가락에서 흘러나온 피가 용기 안으로 뚝뚝 떨어지는 것처럼 연출한 것이었어요. 아니나 다를까, 물방울이 떨어지는 소리를 들은 부아메드의 얼굴은 점점 창백해지기 시작했어요.

몇 시간 후, 의사들은 다시 수군댔어요.

"아직 3분의 1이 되지 않았나?"

"거의 됐네. 1분 뒤에는 정확히 3분의 1이 될 거야."

그 순간, 두려움에 휩싸인 부아메드는 온몸을 부르르 떨었어요. 그리고 정확히 1분 뒤, 그는 조용히 숨을 거두었지요.

의사들은 그를 상대로 일종의 심리 실험을 했던 거예요. 그들은 단지 부아메드의 발가락에 메스를 대 통증을 느끼게 하고, 물방울이 떨어지는 소리를 연출함으로써 그의 불안한 심리를 자극했을 뿐이었어요. 그럼에도 부아메드는 죽고 말았어요. 자신이 곧 죽을 것이라는 생각 때문에 실제로 목숨을 잃고 만 거예요.

만약 그 반대였다면 어땠을까요? 부아메드가 자신은 죽지 않을 거라고 생각했다면 결과는 크게 달라졌을지도 몰라요. 이처럼 세상의 모든 일은 각자 마음먹기에 따라 좋은 일이 될 수도, 나쁜 일이 될 수도 있어요.

20

지혜의 정의

지혜란 영원의 관점으로 만물을 바라보는 능력이다.

• 스피노자 •

팔려 간 알래스카

1867년, 미국의 국무장관 윌리엄 시워드는 당시 러시아의 땅이었던 알래스카를 사들이기로 마음먹었어요. 그러자 미국 정치가들은 하나같이 시워드의 의견을 반대하고 나섰어요. 알래스카는 그 크기가 한반도의 일곱 배나 될 정도로 어마어마한 땅이었지만 워낙 기온이 낮아 사람이 살 수 없었어요. 그래서 알래스카의 별명은 '아이스박스'였지요. 그런데 시워드가 이 쓸모없는 얼음 땅을 사겠다고 나서니 기가 막혔던 거예요.

그러나 시워드는 포기하지 않았어요. 오히려 당당한 태도로 말했어요.

"여러분, 나는 눈 덮인 알래스카를 보고 그 땅을 사자고 말

스피노자 1632~1677 ··· 네덜란드의 철학자인 스피노자는 유대인이면서도 유대교의 교리를 비판한 것으로 유명해요. 그는 같은 유대인들의 미움을 받아 1656년 유대 교회로부터 파문당했어요. 이후 그는 어렵게 생계를 유지하면서도 학문 연구에 몰두하였어요. 오늘날 그는 서양 철학에서 중요한 위치를 차지하는 철학자로 평가받고 있어요.

하는 것이 아닙니다. 나는 그 안에 감추어진 무한한 보배를 보고 사자고 말하는 것입니다. 여러분, 나는 우리 세대를 위해 그 땅을 사자고 말하는 것이 아닙니다. 나는 다음 세대를 위해 그 땅을 사자고 말하는 것입니다."

결국, 시워드는 많은 반대를 무릅쓰고 720만 달러에 알래스카를 사들였어요. 이로써 알래스카는 미국의 49번째 주가 되었어요. 분노한 미국 국민은 그를 '멍청이'라고 부르며 조롱했어요. 알래스카를 팔아 버린 러시아는 쓸모없는 땅을 비싼 값에 팔아 치웠다며 속 시원해했어요.

하지만 오늘날 알래스카의 값어치는 상상을 초월할 정도에요. 1920년에 알래스카에서 금광이 발견된 것을 시작으로 석유와 천연가스 등 풍부한 자원이 숨겨져 있다는 게 밝혀졌기 때문이에요.

이 모든 게 시워드의 탁월한 지혜 덕분이었어요. 이처럼 진정한 지혜란 멀리 내다보고 용기 있는 선택을 하는 거예요.

21

말의 빛깔

배반하려는 사람의 말투는 부끄러운 기색이 있고
마음에 의혹이 있는 사람의 말은 직설적이지 못하며,
성공한 사람은 말이 적고
조급한 사람은 말이 많으며,
다른 사람을 모함하는 사람의 말은 애매하며
줏대가 없는 사람의 말은 비굴하다.

• 남회근, 『주역강의』 중에서 •

순수한 마음
레프 톨스토이

우리에게 필요한 것은 단 하나,
분노나 미움, 짜증과 적대감 없는
순수한 마음이다.

누군가에게 적대감을 느낀다면
그의 내면에 대해서 생각하라.
자기 자신에 대해서
혹은 자신의 정당함은 생각하지 마라.

남회근 1918~ ··· 중국의 불교 수행자이자 학자인 남회근은 중국은 물론 대만, 홍콩 등에서 존경받는 인물이에요. 유교, 불교, 도교뿐 아니라 문학과 역사, 천문과 동서양 철학에도 두루 통달하여 수많은 이가 자문을 구하는 국사로 추앙받았어요. 또한 1950년대부터는 일반인과 전문가를 대상으로 유가, 불가, 도가의 경전을 강의하였으며 이를 바탕으로 책을 출간해 큰 호응을 얻었어요.

고요한 내면의 생각을 통해
상대방의 선함을 찾아보라.
그리고 사람들과 어울릴 때는
가능한 한 공통점을 많이 발견하라.

누군가에게 화내는 일을 멈추고
평화와 용서, 사랑을 되찾으려면
자신과 그의 공통된 죄를 기억하라.

22

영혼의 수준

한 사회가 아이를 다루는 방식만큼
그 사회의 영혼을 잘 드러내는 것은 없다.
한 사람이 자신보다 약한 존재를 다루는 방식만큼
그 사람의 수준을 잘 드러내는 것은 없다.

억압당하는 사람뿐 아니라
억압하는 사람도
같이 해방되어야 할 사람이다.

• 넬슨 만델라 •

정원의 꽃

　어느 교회에 목사님 한 분이 새로 부임해 왔어요. 그런데 목사님은 부임하자마자 골치 아픈 문제에 맞닥뜨리게 되었어요. 아이들이 교회에서 가꾸는 정원을 가로질러 등교하면서 그곳에 피어 있는 꽃을 꺾어 갔던 거예요.

　목사님은 어떻게 해야 아이들이 꽃을 꺾지 않을지 고민에 고민을 거듭했어요.

　다음 날, 목사님은 일찍 일어나 정원으로 갔어요. 그리고 그곳에 서서 등교하는 아이들을 기다리기 시작했어요.

　얼마 후, 한 아이가 걸어와 목사님에게 물었어요.

　"목사님, 정원 안에 있는 꽃 한 송이 가져가도 되지요?"

　"무슨 꽃을 갖고 싶니?"

넬슨 만델라 1918~ ⋯ 남아프리카공화국의 최초 흑인 대통령이자 인권 운동가인 넬슨 만델라는 세계 인권 운동의 상징적 인물이에요. 그는 인권 운동 중 반역죄로 체포되어 종신형을 선고받고 감옥에서 27년여의 세월을 보낸 후 1990년에 출소하여 1994년에 치른 선거에서 대통령으로 선출되었어요. 용서와 화해를 강조하는 과거사 청산을 실시하여 1993년 노벨 평화상을 받았어요.

아이는 튤립을 갖고 싶다고 했어요. 그러자 목사님은 온화한 미소를 지으며 대답했어요.

"그래, 이제부터 이 꽃은 네 꽃이란다. 그러나 네가 그 꽃을 꺾어 가지 않고 정원에 둔다면 이 꽃은 며칠 더 피어 있을 거야. 하지만 네가 지금 이 꽃을 꺾어 가면 잠깐만 볼 수 있을 뿐이지. 넌 똑똑한 아이니까 알아서 잘 결정하렴."

그러자 아이는 한참을 생각하더니 말했어요.

"그럼 그냥 여기 두고 갈게요. 그리고 학교 끝나고 와서 다시 볼래요."

그 뒤로 목사님은 스무 명이 넘는 아이들에게 같은 질문을 받았고, 그때마다 같은 대답을 해 주었어요. 그리고 그날 이후, 어떤 아이도 정원에 있는 꽃을 꺾지 않게 되었답니다.

23

나눔의 힘

촛불로 다른 초에 불을 붙여도
처음의 빛은 약해지지 않는다.

• 『탈무드』 •

거리의 악사

찬바람이 부는 겨울, 베를린 거리에 한 거지 소녀가 쪼그리고 앉아 바이올린을 켜고 있었어요. 하지만 악기를 연주하기에는 날씨가 너무 추웠기 때문에 가냘픈 바이올린 선율은 끊어졌다 이어지기를 반복했지요.

길을 오가는 사람들은 많았지만 아무도 소녀를 거들떠보지 않았어요. 소녀 앞에 놓인 바구니에는 동전 두어 개만이 덩그러니 놓여 있었어요.

얼마 뒤, 소녀는 두 팔을 축 늘어뜨린 채 힘없이 쓰러지고 말았어요. 혹독한 추위와 배고픔에 지쳐 더 이상 버틸 수 없었던 것이었어요.

그 순간, 한 젊은 신사가 소녀 앞으로 다가왔어요. 그는 쓰

『탈무드』 ⋯ '위대한 연구' 란 뜻의 『탈무드』는 구약 성서 다음으로 유대인들의 정신적 지주가 되는 책이에요. 유대인들은 자신들의 역사에서 오랜 시간에 걸쳐 구전되어 오던 생활, 법률, 교훈이 담긴 이야기 등을 책으로 만들었어요. 그래서 『탈무드』에는 유대인들의 역사와 삶 그리고 지혜가 고스란히 담겨 있어요.

러진 소녀를 안아 세워 다정한 목소리로 말했어요.

"애야, 그 바이올린을 좀 빌려도 되겠니?"

겨우 정신을 차린 소녀가 고개를 끄덕였어요. 그러자 신사는 조심스럽게 바이올린을 받아 들고 연주하기 시작했어요. 이윽고 거리에는 아름다운 바이올린 선율이 울려 퍼졌어요. 지나가던 행인들은 하나둘 발걸음을 멈추고 소리가 나는 쪽으로 모여들었지요.

마침내 신사의 연주가 끝나자 행인들은 아낌없이 박수를 보내 주었어요. 이어 소녀의 바구니에 우르르 동전이 쏟아졌지요. 몇몇 사람들은 감동한 나머지 지폐를 넣어 주기도 했어요.

신사는 행인들에게 목례를 하며 감사를 표했어요. 그리고는 소녀에게 바이올린을 돌려준 다음 아무 말 없이 그 자리를 떠났어요. 그 신사는 바로 세계적인 물리학자 알베르트 아인슈타인이었답니다.

24

다름을 인정한다는 것

만일 어떤 사람이
그의 동료와 보조를 맞추어 걷지 않는다면
그것은 그가 듣는 북소리가 다르기 때문이다.
그로 하여금
자신이 듣는 음악에 맞춰
소신을 가지고 걷게 하라.

• 헨리 소로 •

개와 고양이

개와 고양이는 만나기만 하면 서로 으르렁대며 못 잡아먹어서 안달이 난 것처럼 싸워요. 도대체 왜 그럴까요? 그건 개와 고양이가 천적 관계이기 때문이 아니에요. 단지 서로 생각을 표현하는 방법에 차이가 있기 때문이에요.

개는 기분이 좋으면 꼬리를 들고 흔들지만, 기분이 나쁘거나 겁이 나면 꼬리를 내리고 두 다리 사이에 넣어요. 고양이는 개와 정반대예요. 고양이는 기분이 좋으면 꼬리를 내리고, 기분이 나쁘거나 싸울 때 꼬리를 추켜세워요. 그러니 개와 고양이가 만날 때마다 싸울 수밖에 없는 거예요.

개와 고양이가 더 싸우지 않을 방법은 단 한 가지뿐이에요. 자신의 표현 방법만 고집하지 않고, 상대방을 인정하고 이해

헨리 소로 1817~1862 ··· 미국의 사상가이자 문학가인 헨리 소로는 자연과 사회 문제에 큰 관심을 가졌어요. 그는 멕시코 전쟁에 반대하여 감옥에 갇혔던 경험을 바탕으로 『시민의 반항』이라는 책을 써 간디의 운동에 영향을 주었어요. 또한 그는 노예 제도 폐지, 시민 불복종, 비폭력 저항 등에 헌신하였어요. 대표작으로는 『월든』 등이 있어요.

하는 거예요. 그러기 전에는 싸움이 계속되겠지요.

　이렇듯 나의 입장이 아니라 상대방의 입장에서 이해하려고 노력한다면 그리고 상대방의 눈으로 나를 바라본다면 내게도 문제가 있다는 걸 알게 될 거예요.

25

내가 살아보니까

내가 살아보니까,
사람들은 남의 삶에 그다지 관심이 많지 않다.
그래서 남을 쳐다볼 때는 부러워서든 불쌍해서든
그저 호기심이나 구경 차원을 넘지 않는다.

내가 살아보니까,
정말이지 명품 핸드백을 들고 다니든,
비닐봉지를 들고 다니든 중요한 것은
그 내용물이란 것이다.

내가 살아보니까,
남들의 가치 기준에 따라
내 목표를 세우는 것이 얼마나 어리석고,
나를 남과 비교하는 것이 얼마나 시간 낭비고,
그렇게 함으로써 내 가치를 깎아내리는
바보 같은 짓인 줄 알겠다는 것이다.

내가 살아보니까,
결국 중요한 것은 껍데기가 아니고 알맹이이다.
겉모습이 아니라 마음이다.
예쁘고 잘생긴 사람은 TV에서 보거나
거리에서 구경하면 되고
내 실속 차리는 것이 더 중요하다.
재미있게 공부해서 실력 쌓고, 진지하게 놀아서 경험 쌓고,
진정으로 남을 대해 덕을 쌓는 것이 결국 내 실속이다.

내가 살아보니까,

내가 주는 친절과 사랑은 밑지는 적이 없다.

"소중한 사람을 만나는 것은 1분이 걸리고,

그리고 그와 사귀는 것은 한 시간이 걸리고,

그를 사랑하게 되는 것은 하루가 걸리지만

그를 잊어버리는 것은 일생이 걸린다"는 말이 있다.

남의 마음속에 좋은 기억으로 남는 것만큼 보장된 투자는 없다.

• 장영희, 『살아온 기적 살아갈 기적』 중에서 •

장영희 1952~2009 ··· 우리나라의 영문학자이자 수필가, 번역가인 장영희는 생후 1년 만에 소아마비를 앓아 두 다리를 쓰지 못하게 되었어요. 그러나 그녀는 끊임없는 노력으로 서강 대학교 영어영문학과 교수가 되었으며, 번역가와 수필가로도 활발한 활동을 했어요. 대표작으로는 『문학의 숲을 거닐다』, 『축복』, 『살아온 기적 살아갈 기적』 등이 있어요.

공주님의 초대

옛날 어떤 나라에 현명한 공주가 있었어요. 크리스마스 전날 밤, 공주는 거지로 변장하고 마을로 내려갔어요.

공주는 집집마다 문을 두드려 먹을 것을 구걸했어요. 하지만 어떤 집은 문도 열어 주지 않았고, 어떤 집은 먹다 남은 찌꺼기를 던져 주었어요. 또 어떤 집은 고약한 냄새가 진동하는 썩은 음식이나 오래된 쉰 음식을 주기도 하였지요. 초라한 거지가 실은 공주라는 생각은 꿈에도 하지 못한 채, 마을 사람들은 하나같이 그녀를 함부로 대했어요.

그러나 단 한 집, 마을 끄트머리에 있는 낡은 오두막에 사는 늙은 농부만은 그녀를 따뜻하게 맞아 주었어요. 그는 그녀를 난롯가에 앉아 쉬도록 하였고 새로 만든 빵과 과자도 나누어 주었지요. 공주는 늙은 농부의 마음씨에 깊이 감동받았어요.

크리스마스 날 아침이 되었어요. 공주는 마을 곳곳에 커다란 방을 붙였어요. 크리스마스 저녁에 온 마을 사람을 성으로 초대한다는 내용이었지요. 방을 본 마을 사람들은 싱글벙글

웃으며 좋은 옷으로 갈아입고 공주의 성으로 향했어요.

성에 도착한 마을 사람들은 그만 어리둥절해졌어요. 진수성찬이 차려져 있어야 할 식탁 위에 마을 사람들의 이름이 쓰여 있는 접시가 놓여 있었던 거예요. 또한 접시에는 각각 다른 음식이 담겨 있었는데 어떤 이의 접시에는 썩은 음식이, 어떤 이의 접시에는 쉰 음식이, 어떤 이의 접시에는 먹다 남은 음식 찌꺼기가 담겨 있었어요. 심지어 어떤 이의 접시에는 아무것도 담겨 있지 않았지요. 그러나 식탁 중앙에 놓인 한 접시에만 김이 모락모락 나는 맛있는 음식이 가득 담겨 있었어요.

그때, 비단옷을 입은 공주가 나타나 말했어요.

"어젯밤에 여러분을 찾아간 거지는 바로 저입니다. 제가 변장을 하고 여러분 각자의 마음을 알아보았습니다. 그래서 오늘은 여러분 각자에게서 받은 것과 똑같이 대접하기로 한 것입니다. 부디 서운하게 생각지 마시고, 자신이 남에게 베푼 음식을 드셔 보세요."

공주의 말에 마을 사람들의 얼굴은 모두 벌겋게 달아올랐어요. 그러나 단 한 사람, 늙은 농부만은 맛있고 풍성한 식사를 할 수 있었답니다.

26

나비 효과

어딘가 먼 장소에서 무슨 일이 일어나면
그 영향은 반드시 내가 살고 있는 곳까지 미친다.
나의 이웃을 적으로 여기고 미워한다면
그것은 결국 나 자신에 대한 미움으로 돌아온다.

• 달라이 라마 •

나비 효과

　1961년, 미국 매사추세츠 공과 대학의 교수였던 에드워드 로렌츠 박사가 기상 관측을 하고 있을 때였어요. 그는 문득 이런 생각이 들었어요.

　'도대체 날씨는 왜 이렇게 예측하기가 어려운 거지?'

　이 의문에 답을 찾기 위해 그는 발명된 지 얼마 되지 않은 컴퓨터로 모의실험을 해 보았어요. 그리고 아주 작은 초기 조건의 차이가 예측할 수 없는 결과를 낳는다는 것을 발견할 수 있었어요. 다시 말해, 지구상 어딘가에서 조그만 변화가 일어나면 예측할 수 없는 날씨 현상이 나타난다는 거예요. 이로써 날씨의 예측이 힘든 이유를 밝혀낼 수 있었어요.

　이것을 '나비 효과'라고 불러요. 나비 효과는 '나비의 날갯짓

달라이 라마 1935~ … 티베트의 정신적 지도자인 달라이 라마의 이름은 텐진 갸초예요. 티베트는 오랜 세월 중국의 지배를 받아 왔으며, 오늘날에도 독립운동을 지속하고 있는데 그 중심에 달라이 라마가 있어요. 그는 비폭력을 바탕으로 하는 독립운동을 벌였고, 망명 정부를 세웠어요. 또한 티베트 문화를 지키기 위하여 40여 년 동안 학교 등을 세워 나갔어요. 그의 평화적인 독립운동과 세계 평화를 위한 노력은 세계적인 인정을 받아 그는 1989년 노벨 평화상을 받았어요.

처럼 작은 변화가 폭풍우와 같은 커다란 변화를 불러일으키는 현상'을 뜻해요. 어떤 일이 시작될 때 있던 아주 작은 차이가 결과에서는 매우 큰 차이를 만들 수 있다는 이론이에요.

나비 효과는 날씨뿐만 아니라 우리 주변 어디서나 여러 가지 형태로 나타나요. 예를 들어, 신속한 정보망을 구축하고 있는 현대 사회에서 지구촌 한구석의 미세한 변화가 순식간에 전 세계로 확산되는 것처럼 말이에요.

우리의 삶도 마찬가지예요. 나비 효과처럼 아주 사소한 일 때문에 한 사람의 인생이 뒤바뀌는 경우도 많아요. 평생을 아프리카에서 보내며 소외된 이들을 위해 헌신한 알베르트 슈바이처도 바로 그 대표적인 예에요.

어린 슈바이처가 어느 날, 친구와 크게 다투었어요. 슈바이처는 부유한 집안에서 좋은 음식을 먹고 자라서 워낙 체격이 좋아, 싸움에서 지는 법이 없었어요. 아니나 다를까, 이번에도 슈바이처는 손쉽게 친구를 이기고 우쭐해했어요. 그런데 싸움에서 진 친구는 울분에 찬 목소리로 외쳤지요.

"나도 너처럼 좋은 음식을 많이 먹었다면 이길 수 있었어!"

슈바이처는 이 사건으로 자신과 다른 환경에서 살아가는 이들에 대해 생각하게 되었고 세상을 보는 시각이 달라졌어요.

이렇듯 어떤 일의 결과는 뜻밖의 사소한 차이에서 판가름 나는 법이에요.

27

반기문의 19계명

1. 친절, 인생 최대의 지혜는 친절이다

2. 포용, 나를 비판하는 사람을 친구로 만들어라

3. 배려, 베푸는 것이 얻는 것이다

4. 유머, 유머 감각은 큰 자산이다

5. 설득, 대화로 승리하는 법을 배워라

6. 인간관계, 금맥보다 더 중요한 것은 인맥이다

7. 리더십, 세계 역사를 바꿀 수 있는 리더십을 배워라

8. 최선, 1등이 되어라. 2등은 패배다

9. 멀티플레이어, 세계는 멀티플레이어를 원한다

10. 직업, 직업을 일찍 결정하라

11. 실력, 실력이 있어야 행운도 따라온다

12. 도전, 잠들어 있는 DNA를 깨워라

13. 자기 개혁, 자신부터 변화하라

14. 겸손, 자기를 낮추는 지혜를 배워라

15. 소신, 당신의 생각이 옳다면 굽히지 마라

16. 긍지, 자신이 누구인지 알려라

17. 절제, 헛된 이름을 좇지 마라

18. 공부, 지금 자면 꿈을 꾸지만 지금 공부하면 꿈을 이룬다

19. 근면, 근면한 사람에겐 정지 팻말을 세울 수 없다

● 반기문 ●

반기문 1944~ ⋯ 우리나라의 외교관인 반기문은 고등학교 때 미국을 방문하여 미국의 제35대 대통령 존 F. 케네디를 만나 외교관에 대한 꿈을 키웠어요. 그리고 1970년에 외무 고시에 합격한 이후 꾸준히 노력하여 2006년 10월 14일 우리나라 최초로 제8대 유엔 사무총장이 되었어요. 또한 2011년 반기문의 유엔 사무총장직 연임이 결정되어 지금도 세계 평화를 위해 노력하고 있어요.

사탕 먹는 간디

어느 날, 한 젊은 여인이 아들의 손을 잡고 간디를 찾아왔어요. 그녀는 자신의 여덟 살 난 아들을 가리키며 근심 가득한 얼굴로 그에게 말했어요.

"선생님, 제 아이 때문에 걱정이에요. 사탕을 어찌나 좋아하는지, 하루에 열 개도 더 먹어요. 그래서 이가 다 썩고 말았어요. 제가 아무리 사탕을 먹지 말라고 말해도 듣질 않아요. 선생님께서 좀 타일러 주세요. 이 아이도 선생님 말씀이라면 들을 거예요."

그러나 간디는 아이를 바라보며 곤란한 미소를 지을 뿐, 아무 말도 하지 않았어요. 그리고 잠시 후에 머리를 긁적이며 이렇게 대답했지요.

"한 달 후에 다시 오십시오. 그때 말해 주겠습니다."

여인은 하는 수 없이 아이를 데리고 돌아갔어요.

한 달 후, 여인은 다시 간디를 찾아와 간곡히 말했어요.

"선생님, 한 달이 지나길 얼마나 기다렸는지 몰라요. 이제

아이에게 사탕을 먹지 말라고 말해 주세요."

그러나 간디는 이번에도 한숨을 쉬며 힘없이 말했지요.

"죄송합니다만 한 달 후에 다시 오시지요."

여인은 못마땅한 듯했지만 아들의 손을 잡고 돌아갈 수밖에 없었어요.

어느덧 한 달이 또 지나 여인은 아들과 함께 다시 간디를 찾아왔어요. 아이는 여전히 사탕을 손에서 놓지 않고 있었어요.

"선생님, 이번에야말로 제 아이에게 사탕을 먹지 말라고 타일러 주실 거죠?"

여인은 미심쩍은 눈으로 간디를 바라보며 물었어요. 그러자 간디는 아이의 눈을 바라보며 다정하게 말했어요.

"얘야, 이제는 사탕을 먹지 마라."

말이 끝나기 무섭게 아이는 고개를 끄덕였어요. 그렇지만 여인은 고개를 갸우뚱하며 간디에게 물었어요.

"선생님, 이 말씀을 하는 데 왜 두 달씩이나 걸려야 했나요? 첫날 말씀해 주셨으면 좋았잖아요?"

그러자 간디는 수줍게 웃으며 대답했어요.

"실은 저도 사탕을 좋아해서 그때 사탕을 먹고 있었답니다. 그런 제가 어떻게 아이에게 사탕을 먹지 말라고 말할 수 있겠습니까? 제가 사탕을 끊는 데 두 달이 걸렸습니다."

28

완전함의 여유

가장 완전한 것은 마치 이지러진 것 같다.
그래서 사용하더라도 변함이 없다.
가득 찬 것은 마치 비어 있는 듯하다.
그래서 퍼내더라도 다함이 없다.
가장 곧은 것은 마치 굽은 듯하고,
가장 뛰어난 기교는 마치 서툰 듯하며,
가장 잘하는 말은 마치 더듬는 듯하다.

다른 사람을 아는 사람은 지혜로운 사람이고
스스로를 아는 사람은 밝은 사람이다.
남을 이기는 사람은 힘 있는 사람이고
스스로를 이기는 사람은 강한 사람이다.

• 노자,『도덕경』중에서 •

노자 ?~? ··· 노자가 살았던 춘추 전국 시대에는 '제자백가'라 하여 여러 학자와 수많은 학파가 자유롭게 사상과 학문을 펼쳤어요. 노자도 제자백가에 포함되며, 통치자들이 무위자연을 본받아 세상을 다스려야 한다고 주장했어요. 그는 백성을 간섭하거나 지배하려고 하지 말고 백성의 손에 세상을 맡긴다면 세상이 저절로 좋아질 것이라고 했어요. 그의 사상은 후에 장자에게 계승되었어요.

최고의 닭

『장자』에 나오는 이야기예요.

옛날 중국에 닭싸움을 아주 좋아하는 왕이 있었어요. 그는 전국을 수소문하여 가장 크고 건강한 닭을 찾았어요. 그리고 싸움닭을 만들기로 유명한 기성자에게 명령했어요.

"내 이 닭을 네게 줄 것이니 최고의 싸움닭으로 훈련하라."

기성자는 왕에게서 받은 닭을 가지고 집으로 돌아갔어요.

열흘 후, 왕은 기성자를 불러들여 훈련이 다 되었는지를 물었어요. 그러자 기성자가 대답했어요.

"송구합니다만 폐하, 이 닭은 강하기는 하지만 무척 교만하여 제가 최고인 줄 알고 있습니다. 다른 닭만 보면 무작정 덤벼들 기세니 아직 멀었습니다."

왕은 무척 아쉬웠지만 좀 더 기다리기로 했어요.

다시 열흘이 지나, 왕은 직접 기성자를 찾아가 훈련의 성과를 물었어요. 그러나 기성자의 대답은 마찬가지였지요.

"한참 멀었습니다. 겨우 교만함은 벗었으나 다른 닭의 울음

소리나 그림자에도 덮치려 하니 더 훈련해야 합니다."

왕은 슬그머니 짜증이 났지만 기다리는 수밖에 어쩔 도리가 없었어요.

그리고 또 열흘이 지나, 왕은 기성자를 다시 찾아갔어요.

"어떠한가?"

"아직도 덜 되었습니다. 교만함과 조급함은 버렸지만, 다른 닭을 노려보는 눈초리가 너무 공격적이니 좀 더 훈련해야 합니다."

그렇게 시간이 흘러 마침내 한 달이 되었어요. 초조해진 왕은 더 이상 참을 수가 없었어요. 그는 한달음에 기성자에게 달려가 큰 소리로 호통쳤어요.

"이놈! 도대체 언제쯤에야 훈련이 끝난단 말이냐!"

그러자 기성자는 조용히 미소를 지으며 말했어요.

"이제 됐습니다. 이 닭은 다른 닭이 아무리 거칠게 공격 자세를 취해도 동요하지 않고, 울면서 덤벼들어도 반응하지 않습니다. 이 닭이 반응하지 않으니 다른 닭들도 제풀에 지쳐 꽁지를 뺄 수밖에 없지 않겠습니까. 이것이 최고의 싸움 기술입니다. 싸우지 않고도 상대를 제압하니 말입니다. 먼 데서 바라보면 이 닭은 마치 나무로 조각한 닭과 같습니다."

29

용서하지 못하는 이유

무식한 사람은 용서하지 못한다.
용서하지 못한다는 것은
결국 이해하지 못한다는 것이다.

사랑과 평화를 실천하는 사람은 남을 비난하지 않는다.
네가 먼저 사과하면 나도 사과하겠다는 옹졸한 말도 하지 않는다.
왜냐하면 평화는 언제나 나로부터 시작되기 때문이다.

● 틱낫한 ●

감성 지수

오늘날 전문가들은 성공을 위한 첫 번째 조건으로 '감성 지수'를 꼽아요. 단순히 지능 지수만 높아서는 다양한 문제가 얽히고설킨 현대 사회에 적응할 수 없기 때문이에요.

감성 지수란 미국의 행동심리학자인 다니엘 골만이 쓴 책에서 유래한 말로, '자신의 감정을 솔직하게 인정하고 올바른 판단을 내리는 능력', '불안이나 분노 등의 충동을 조절하는 능력', '궁지에 몰렸을 때, 자신에게 스스로 힘을 북돋아 주고 긍정적인 생각을 유지하는 능력', '남을 배려하고 공감하는 능력', '집단 속에서 조화와 협조를 중시할 줄 아는 능력' 등을 일컫는 말이에요. 때문에 감성 지수는 '배려 지수', '공감 지수', '용서 지수'라고도 불려요.

틱낫한 1926~ ··· 베트남의 승려이자 명상가, 시인인 틱낫한은 일상생활에서 불교 사상을 실천해야 한다고 주장한 인물이에요. 그는 1961년 미국으로 건너가 베트남 전쟁에 반대하는 운동을 펼쳤어요. 하지만 베트남 정부에 의해 귀국 금지 조치를 당해 프랑스로 망명하였어요. 이후 그는 세계 각국에서 봉사 활동과 강연 등 사회 운동을 펼쳤어요. 그는 '평화를 노래하는 살아 있는 부처', '세계적인 불교 지도자' 등으로 불리고 있어요.

30

모든 사람에게는
하나의 이야기가 있다

나는 증조부를 비롯한 친척들이 들려주는 이야기에서
많은 것을 배웠다.
아무도 완벽하지는 않지만, 대부분은 선하다는 것.
최악의 순간이나 가장 약한 순간에 한 행동으로
사람을 판단할 수 없다는 것.
가혹한 심판은 우리 모두를 위선자로 만든다는 것.
모든 사람에게는 하나의 이야기가 있다는 것.

• 빌 클린턴 •

인색한 아줌마와 양초

　어느 여인이 새집으로 이사한 첫날이었어요. 그녀는 이삿짐 정리에 한창이었어요. 그런데 갑자기 집 안이 정전되고 말았어요. 여인은 순식간에 어두워진 집 안을 더듬거리며 양초와 성냥을 찾기 시작했어요. 하지만 어수선한 집 안에서는 쉽사리 양초와 성냥을 찾을 수 없었어요.

　바로 그때, 노크 소리가 들렸어요. 여인이 문을 열자 키 작은 소년이 두 손을 뒤로 한 채 여인을 올려다보고 있었어요.

　소년이 말했어요.

　"아줌마, 양초 있으세요?"

　그 순간, 그녀는 생각했어요.

　'뭐? 이사 오는 첫날부터 이웃집 사람이 아이에게 물건을 빌

빌 클린턴 1946~ ··· 미국의 정치가인 빌 클린턴은 미국 제42대, 제43대 대통령이에요. 그는 어린 시절 홀어머니와 함께 넉넉지 않은 생활을 했어요. 열다섯 살 때 백악관을 방문한 그는 미국의 제35대 대통령 존 F. 케네디를 만나 악수하는 기회를 얻었어요. 이후 정치가의 꿈을 키워 그는 1978년에 서른두 살 때 미국 최연소 주지사로 당선되었으며, 1993년에는 미국의 제42대 대통령이 되었어요. 또한 제43대 대통령 선거에도 당선되어 두 번의 대통령직을 역임했어요.

려 오라고 시키다니 정말 무례하기 그지없는걸. 오늘 양초를
빌려 주면 내일은 파, 생강, 마늘까지도 빌려 달라고 할 거야.
그럴 순 없지.'

여인은 소년에게 말했어요.

"어쩌면 좋니. 아줌마가 이제 막 이사 와서 양초가 없단다."

말을 마친 여인이 문을 닫으려 하자 소년은 작은 몸으로 문
을 막아섰어요. 그리고 다급히 소리쳤지요.

"저기요, 아줌마! 엄마가 양초를 갖다 드리라고 했거든요."

소년은 등 뒤로 숨겼던 손을 내밀었어요. 아니나 다를
까, 손 안에는 소년이 쥐기에도 버거울 만큼 큰 양초
두 개가 들려 있었지요.

여인은 그만 할 말을 잃어 그 자리에
서 두 손으로 얼굴을 가렸어요. 소년을
오해했던 자신이 부끄러워 차마 고개를
들 수 없었던 거예요.

31

그게 시작이었다

나는 10대 시절부터 세계의 모든 가정에
컴퓨터가 한 대씩 설치되는 것을 상상했고,
반드시 그렇게 만들고야 말겠다고 외쳤다.
그게 시작이었다.

● 빌 게이츠 ●

독일 국민에게 고함

피히테

산에 오르려면 산을 보아야 하고,

강을 건너려면 강을 보아야 한다.

산을 보지 않고서는 산을 오를 수 없고,

강을 보지 않고서는 강을 건널 수 없다.

계곡이 깊으면 정상이 높고 강이 넓으면 물이 깊다.

깊은 계곡을 지나지 않고서는 정상에 오를 수 없으며,

깊은 물을 지나지 않고서는 강을 건널 수 없다.

언제나 우리는 높은 산을 바라보며 세상을 살아가고,

깊은 물을 바라보며 인생을 살아간다.

그리고 우리는 높은 산에 오르는 방법을 알고 있고,

깊은 물을 건너는 방법을 알고 있다.

빌 게이츠 1955~ ··· 미국의 기업가인 빌 게이츠는 '마이크로소프트'의 설립자예요. 1975년에 하버드 대학을 중퇴한 그는 학창 시절 친구인 폴 앨런과 함께 마이크로소프트를 설립하였어요. 그리고 1995년, 새로운 개인용 컴퓨터 운영 체제를 세상에 내놓아 컴퓨터 시장을 장악하였고, 그는 엄청난 성공을 거머쥐었어요. 세계적인 부자로 손꼽히는 그는 2008년 마이크로소프트의 사장직을 내놓고 자선 사업에 힘쓰고 있어요.

그러면서도 우리는 산이 높다 한탄하고 강이 깊다 탄식한다.

정상에 오르기 위해 혹은 강과 바다를 건너기 위해

험난한 계곡과 사나운 물살을 지나는 것은 당연한 이치가 아닌가?

그런데 정상을 꿈꾸면서 그리고 인생에 성공을 기대하면서

어찌 험한 산과 물을 두려워하는 것인가?

더구나 시도도 해 보지 않고서.

그리고 최선 또한 다하지 않고서.

오늘 결심하라. 지금 이 자리에서 바로 결심해야 한다.

32

곧은 말

이로운 친구는 직언을 꺼리지 않고,
언행에 거짓이 없으며,
지식을 앞세우지 않는 벗이니라.

● 공자 ●

황제가 야위면 백성이 살찐다

　당나라의 왕 현종은 재상인 한휴를 두려워했어요. 대쪽같은 성품을 가진 한휴는 아주 사소한 일이라도 옳지 않다고 여기면 그냥 지나치는 법이 없었기 때문이었어요. 현종이 작은 실수라도 한 다음 날이면 어김없이 한휴의 상소문이 올라왔어요. 왕의 실수를 호되게 꾸짖는 글이었지요.

　상황이 이쯤 되자, 현종은 한휴를 보기만 해도 한숨을 쉬고 슬슬 꽁무니를 빼기에 이르렀어요.

　어느 날, 그런 현종을 보다 못한 다른 신하들이 입을 모아 말했어요.

　"폐하, 한휴가 재상이 된 후로 폐하의 옥체가 점점 야위어 가옵니다. 한휴를 파면하여 옥체를 보살피소서."

공자 B. C. 551~B. C. 479 ··· 중국 춘추 전국 시대의 철학자인 공자는 유교의 시조로 알려져 있어요. 최고의 덕을 '인' 으로 삼았어요. 인이란 효도와 공경을 바탕으로 모든 이를 대하는 것이라고 할 수 있어요. 그는 여러 나라를 돌아다니며 인에 의한 정치를 강조하였지만 실현되지 않자 교육에만 전념하며 3,000여 명의 제자를 가르쳤어요. 그의 가르침은 제자들에 의해 정리되어 『논어』로 전하고 있어요.

그러나 현종은 고개를 저으며 말했어요.

"내가 야위어 가는 대신 백성의 삶은 더없이 풍요롭지 않으냐? 이는 모두 한휴가 나를 꾸짖은 탓이니라. 그 덕에 내가 정사에 충실하게 되었으니 말이다."

신하들은 더욱 소리를 높여 청했어요.

"궁중에는 훌륭한 신하가 많습니다. 폐하를 편히 모시는 다른 이들도 생각해 보십시오."

하지만 현종의 태도는 완고했어요.

"내 그들의 노력은 모르는 바가 아니다. 다른 이들은 늘 내 말을 따라 나를 흡족하게 했다. 그러나 그들이 물러가고 나면 나는 불안하여 잠이 오지 않았다. 하지만 한휴는 달랐다. 그는 늘 나와 의견이 맞지 않아 충돌이 잦았지만, 그가 물러가고 나면 나는 더없이 마음이 편안하여 잠을 푹 잘 수 있었다. 내가 야위어 가면서도 한휴를 높이 사는 건 그가 나를 위하는 것이 아니라 나라를 위하기 때문이다."

그러자 신하들은 더 이상 아무런 말도 할 수 없었답니다.

33

힘겹지만 아름다운 것

자네가 무언가를 간절히 원할 때,
온 우주는 자네의 소망이 실현되도록 도와준다네.

• 파울로 코엘료, 『연금술사』 중에서 •

"나뭇잎들은 왜 강 아래로 내려가지요?"
은빛 연어가 신기해하면서 묻자
"그건 거슬러 오를 줄 모르기 때문이야" 하고
초록 강이 말했다.
"거슬러 오른다는 건 또 뭐죠?"
"거슬러 오른다는 것은 지금 보이지 않는 것을 찾아간다는 뜻이지.
꿈이랄까, 희망 같은 거 말이야. 힘겹지만 아름다운 일이란다."

● 안도현, 『연어』 중에서 ●

파울로 코엘료 1947~ ⋯ 브라질의 소설가인 파울로 코엘료는 극작가, 연극 연출가, 작사가로도 활동하였어요. 그는 1987년부터 작품 활동을 시작하였고, 1988년 『연금술사』를 출간하며 큰 인기를 얻었어요. 그의 작품은 주로 인간의 영혼과 마음에 대한 이야기로서 대표작은 『연금술사』, 『피에트라 강가에서 나는 울었네』 등이 있어요.

불가사리를 던지는 소년

어느 날, 한 남자가 해변을 따라 걷고 있었어요. 그런데 멀리서 어린 소년이 모래사장에서 무언가를 주워서 바다로 던지는 것을 보았어요. 남자가 가까이 다가가서 보니, 소년이 던지는 것은 불가사리였지요.

남자가 주위를 둘러보니 모래사장에는 불가사리로 가득했어요. 호기심이 생긴 그는 소년에게 물었어요.

"왜 불가사리를 바다로 던지고 있니?"

그러자 소년이 대답했어요.

"만약 이 불가사리들이 내일 아침 파도가 밀려올 때까지 여기 있으면 모두 죽고 말 테니까요."

그러자 남자는 크게 웃으며 소년에게 말했어요.

안도현 1961~ ··· 우리나라의 문학가인 안도현은 교사 생활을 하다가 1981년 대구매일신문 신춘문예에 시 「낙동강」이 당선되면서 작품 활동을 시작하였어요. 대표작으로는 연어들이 번식을 위해 바다에서 강으로 가는 과정을 사회에 빗댄 어른들을 위한 동화 『연어』, 시 「우리가 눈발이라면」, 「연탄 한 장」 등이 있어요. 그는 지금도 작품 활동과 더불어 대학에서 학생을 가르치고 있어요.

"그런 어리석은 짓을 하다니. 주위를 둘러보렴. 이 넓은 해변이 온통 불가사리로 덮여 있어. 네가 이 많은 불가사리를 모두 바다에 던져 줄 수 있을 거라고 생각하니? 왜 그런 소용없는 짓을 하는 거야?"

남자의 비웃음에도 소년은 포기하지 않았어요. 오히려 계속 불가사리를 바다에 던지며 남자에게 말했답니다.

"적어도 지금 내가 던지는 이 불가사리들에게는 소용 있어요."

34

과학자들은
실패를 실험이라고 부른다

수학자들은 실패를 확률로 말한다.
과학자들은 실패를 실험이라고 한다.
실패는 성공에 꼭 필요한 과정이며 가장 중요한 투자다.
만약 한 번도 실패를 해 보지 않았다면
어떻게 그 뒤에 숨어 있는 성공을 가질 수 있겠는가?

• 류가와 미카, 『서른, 기본을 탐하라』 중에서 •

실패를 대하는 자세

　　천재 발명가 토머스 에디슨은 전구, 축음기 등 수많은 발명품을 만들었어요. 하지만 그 과정은 결코 쉽지 않았어요. 수명이 긴 백열전구를 발명할 때는 무려 2,000번이나 실패를 거듭해야 했어요.

　　"수없이 많은 실패를 거듭했을 때의 기분이 어떠셨나요?"

　　한 젊은 기자가 그에게 짓궂게 묻자, 에디슨은 오히려 밝게 웃으며 대답했어요.

　　"실패라니요? 난 한 번도 실패한 적이 없습니다. 다만, 전구가 빛을 내지 않는 2,000가지 원리를 알아냈을 뿐이지요."

　　이처럼 실패에 굴하지 않는 에디슨의 도전 정신은 오늘날 많은 사람의 본보기가 되고 있어요.

류가와 미카 … 일본의 경영학 전문가인 류가와 미카는 개인 재테크 기획 및 인재 양성 문제를 전문적으로 연구했어요. 현재 그녀는 여성 재테크와 인생 기획에 관한 전문가로 활약하고 있어요. 저서로는 『여성의 두 가지 이력서』, 『여자는 서른이 되면 진정으로 아름다워진다』 등이 있어요.

35

절대 무공의 비결

오늘을 믿고 나를 사랑하는 거야.

내겐 누구에게도 없는 엄청난 엉덩이와 배가 있었어.

엉덩이로 타이렁의 얼굴을 뭉개고

탄력 배치기로 마지막 카운터펀치를 날렸지.

해답은 나 자신이었어. 조급해하진 마.

아무 때나 꽃을 피게 하고 열매를 맺게 할 수 없대.

어제는 사라졌고 내일은 알 수 없잖아.

선물로 주어진 오늘을 소중히 여기고

자기 자신을 더 사랑해 봐.

● 애니메이션, 〈쿵푸 팬더〉 중에서 ●

이것이 내 방법이오

콜럼버스가 신대륙을 발견하고 돌아왔을 때의 일이에요. 왕은 무사히 고향으로 돌아온 그를 위해 성대한 축하 파티를 열어 주고 날이면 날마다 콜럼버스의 업적을 치하하였어요.

콜럼버스에 대한 왕의 총애가 깊어지자 다른 귀족들은 그를 질투하기 시작했어요.

"그 따위 일이 뭐 그리 대단하다고!"

"나도 배만 있다면 신대륙쯤 발견할 수 있지!"

파티에 참석한 귀족들은 하나같이 입을 모아 말했지요. 그러자 콜럼버스는 그들에게 이야기했어요.

"여러분, 그렇습니다. 제가 한 일은 별것이 아닙니다. 누구든지 배를 타고 멀리 가 보면 발견할 수 있는 일입니다."

〈쿵푸 팬더〉 ··· 미국의 애니메이션인 〈쿵푸팬더〉는 '드림웍스' 애니메이션 회사에서 2008년, 2011년에 제작했어요. 아버지의 국수 가게에서 일을 돕는 팬터 '포' 가 용의 전사가 되어 무적의 5인방과 함께 평화의 계곡을 지켜 나가는 이야기를 담고 있어요.

콜럼버스의 겸손한 태도에 귀족들은 만족스러운 듯 고개를 끄덕였지요. 콜럼버스는 계속해서 말을 이었어요.

"자, 제가 문제를 하나 내겠습니다. 책상 위에 이 달걀을 세워 보십시오. 만약 누구든 성공한다면 제 모든 영광을 그분에게 돌리도록 하지요."

그러자 귀족들은 너도 나도 달걀을 세워 보려고 야단법석을 떨었어요. 하지만 한참이 지나도 달걀을 책상 위에 세운 사람은 단 한 명도 없었어요. 바짝 약이 오른 귀족들은 콜럼버스에게 물었어요.

"그럼 당신은 달걀을 세울 수 있소?"

"물론입니다. 저는 달걀을 책상 위에 세울 수 있습니다."

콜럼버스는 여유로운 몸짓으로 달걀 한쪽을 살짝 깬 뒤, 책상 위에 세웠어요. 하지만 귀족들은 콜럼버스를 비웃으며 그에게 소리쳤어요.

"그렇게 한다면 누가 못 세우겠소? 우리도 세울 수 있소!"

그러자 콜럼버스는 좌중을 향해 조용히 미소 지으며 말했답니다.

"맞습니다. 달걀을 깬다면 누구나 세울 수 있지요. 바로 이겁니다. 누구나 할 수 있지만 아직 아무도 하지 않은 것, 바로 제가 그것을 가장 먼저 한 사람입니다."

36

긍정이 답이다

할 수 없다고 믿으면 정말 할 수 없다.
그러나 할 수 있다고 믿으면 정말 해낼 수 있다.
말은 신념을 낳고 신념은 행동을 낳는다.

네 운명을 다스리려면 먼저 네 생각을 다스려야 해.
네가 생각하는 것이 곧 네 미래가 되니까.

• 스튜어트 에이버리 골드, 『핑』 중에서 •

피그말리온 효과

　피그말리온은 그리스 신화에 나오는 키프로스의 왕이에요. 그는 자신이 직접 만든 조각상과 사랑에 빠졌어요. 그래서 피그말리온은 날마다 애틋한 눈으로 조각상을 바라보며 하루하루를 보냈어요. 그러자 미의 여신 아프로디테는 그의 지극한 사랑에 감동하여 조각상에 생명을 불어넣어 주었어요.

　이처럼 다른 사람의 기대와 관심을 통해 좋은 결과를 얻는 것을 '피그말리온 효과'라고 불러요.

　1968년, 하버드 대학 사회심리학과 교수였던 로버트 로젠탈은 한 초등학교에서 다음과 같은 실험을 하였어요. 우선 전교생을 대상으로 지능 검사를 한 후, 검사 결과에 상관없이 한반에서 20퍼센트의 학생을 뽑았어요. 그러고는 교사들에게

스튜어트 에이버리 골드 ··· 미국의 기업가이자 작가인 스튜어트 에이버리 골드는 '리퍼블릭 오브 티' 음료 회사의 사장이에요. 리퍼블릭 오브 티는 캘리포니아에 본사를 두고 있으며, 현재 미국에서 가장 급속도로 성장해 가는 회사예요. 저서로는 『핑』, 『리스타트 핑』 등이 있어요.

그 학생들의 명단을 주며 이렇게 말했어요.

"이 아이들은 지적 능력과 학업 성취 가능성이 큰 아이들입니다."

교사들은 아무런 의심 없이 로젠탈 교수의 말을 믿었어요.

8개월 후, 로젠탈 교수는 다시 그 초등학교를 찾아가 전과 같은 방법으로 지능 검사를 했어요. 그러자 놀라운 결과가 나타났어요. 지난번 명단에 속한 학생들의 평균 점수가 다른 학생들보다 훨씬 높게 나왔던 거예요. 그뿐만 아니라 이 학생들은 학교 성적도 크게 향상되어 있었어요.

이유는 간단했어요. 명단에 든 학생들이 뛰어난 학습 능력을 지녔다고 믿은 교사들은 그들에게 특별한 관심과 사랑을 베풀었기 때문이었어요. 결국, 이 실험은 누군가의 기대와 격려만으로 사람이 얼마나 성장할 수 있는지를 보여 주었어요.

37

가장 현명한 사람

가장 현명한 사람은 모든 사람에게서 배우는 사람이다.
가장 강한 사람은 자기의 감정을 억제할 수 있는 사람이다.
가장 부유한 사람은 자기가 가진 것으로 만족하는 사람이다.
가장 사랑받는 사람은 모든 사람을 칭찬하는 사람이다.

• 『탈무드』 •

마음을 비워라

　어느 한 젊은이가 이름난 선사를 찾아가 가르침을 청했어요. 선사는 정중히 거절하였으나 젊은이는 계속해서 그를 졸라 댔어요.

　결국, 그의 간곡한 부탁을 더 이상 뿌리칠 수 없었던 선사는 자신이 깨달은 바를 젊은이에게 설명하기 시작했어요. 그런데 막상 수업에 들어가자 젊은이는 번번이 선사의 말을 자르기 일쑤였어요. 그리고 자신의 주장만이 옳다고 우겨 댔어요.

　선사는 잠시 생각하는가 싶더니 젊은이에게 말했어요.

　"차 한 잔 함께하세."

　그러더니 선사는 젊은이의 찻잔에 차를 넘치도록 따랐어요. 젊은이는 당황하여 화를 냈어요.

『탈무드』 … 유대인의 정신적 지주라고 불리는 『탈무드』는 유대인의 사상이 집대성된 책이라고 할 수 있어요. 여기에는 유대교 규범인 율법은 물론 전통, 습관, 축제, 해설 등이 한데 엮여 있어요. 그래서 유대인이라면 누구나 어린아이부터 나이 많은 사람까지 평생 매일 저녁 『탈무드』를 읽는다고 해요.

"아니, 어찌하여 차를 이렇게 따르시는 겁니까? 이러면 차를 마실 수 없잖습니까!"

그러자 선사가 말했어요.

"자네의 마음은 바로 이 찻잔처럼 가득 차 있네. 그러니 나는 자네에게 가르쳐 줄 것이 없다네."

선사는 젊은이의 마음을 찻잔 속에 가득 담긴 차에 비유하여 마음을 비워야 가르침을 얻을 수 있다는 것을 알려 주려고 했던 거예요.

38

대인배의 조건

고결한 정신이 아름다운 것은
잇따른 가혹한 불운에도
결코 그것을 괴롭다고 느끼지 않아서가 아니라,
그 상황에 침착하고 냉철하게 대처하는 것이
돋보이며 빛나기 때문이다.
......

그릇이 큰 사람은

남에게 호의와 친절을 베풀어 주는 것을

자신의 기쁨으로 삼는다.

그리고 자신이 남에게 의지하고

남의 호의를 받은 것을 부끄럽게 생각한다.

즉, 내가 남에게 베푸는 친절은

그만큼 자신이 그 사람보다 낫다는 이야기가 되지만,

남의 친절을 바라고 남의 호의를 받는 것은

그만큼 내가 그 사람보다 못하다는 의미가 되는 까닭이다.

● 아리스토텔레스 ●

아리스토텔레스 B. C. 384~B. C. 322 … 고대 그리스의 철학자인 아리스토텔레스는 플라톤의 제자예요. 그는 철학 뿐만 아니라 윤리학, 정치학, 문학 등 다방면에서 뛰어난 업적을 남겼어요. 특히 그가 정리한 여러 사상은 서양 철학의 바탕이 되었으며, 오늘날까지 다양한 각도로 조명되고 있어요.

삶의태도
『잡보장경』

유리하다고 교만하지 말고

불리하다고 비굴하지 마라.

자기가 아는 대로 진실만을 말하여

주고받는 말마다 악을 막아

듣는 이에게 기쁨을 주어라.

무엇을 들었다고 쉽게 행동하지 말고

그것이 사실인지 깊이 생각하여

이치가 명확할 때 과감히 행동하라.

지나치게 인색하지 말고

성내거나 미워하지 마라.

이기심을 채우고자 정의를 등지지 말고

원망을 원망으로 갚지 마라.

위험에 직면하여 두려워 말고

이익을 위해 남을 모함하지 마라.

객기 부려 만용하지 말고

허약하여 비겁하지 마라.

사나우면 남들이 꺼리고

나약하면 남이 업신여기나니

사나움과 나약함을 버려

지혜롭게 중도를 지켜라.

태산 같은 자부심을 품고

누운 풀처럼 자기를 낮추어라.

역경을 참아 이겨 내고

형편이 잘 풀릴 때를 조심하라.

재물을 오물처럼 보고

터지는 분노를 잘 다스려라.

때와 처지를 살필 줄 알고

부귀와 쇠망이 교차함을 알라.

39

말의 힘

아주 오랜 옛날, 말과 마법은 본래 하나였다.
오늘날에도 말은 강력한 힘을 지니고 있다.

● 지그문트 프로이트 ●

피카소와 반 고흐
그리고 짐 캐리

천재적인 두 예술가, 피카소와 반 고흐는 대조적인 삶을 살았어요. 피카소는 당대의 최고 화가로서 온갖 부귀영화를 누렸으나 고흐는 굶기를 밥 먹듯이 하는 궁핍한 삶을 살았지요. 그런데 놀라운 것은 이 두 사람의 평소 언어 습관 또한 너무나 대조적이었다는 거예요.

그들이 똑같이 무명 화가로 경제적 어려움을 겪고 있던 시절, 피카소는 입만 열면 이렇게 말했다고 해요.

"나는 내 그림으로 억만장자가 될 것이다. 나는 미술사에 한 획을 긋는 화가가 될 것이다."

반면, 고흐는 다음과 같이 자신의 인생을 예언했지요.

"나는 돈과 인연이 없어. 불행이 절대 나를 떠날 것 같지 않

지그문트 프로이트 1856~1939 ··· 오스트리아의 신경과 의사인 지그문트 프로이트는 심리학의 새 장을 연 인물이에요. 그는 인간의 마음에는 자신이 의식하지 못하는 과정인 '무의식'이 존재한다고 믿어 최면술을 통해 이를 밝혀냈어요. 또한 무의식에서 겪은 마음의 상처가 병이 된다는 것을 알아내어 '정신 분석'이라는 이론을 만들어 내기도 했어요. 이 밖에도 사회학, 교육학, 문학 등에도 영향을 주었어요. 저서로는 『꿈의 해석』, 『정신 분석 입문』 등이 있어요.

아."

결국 이들의 말은 현실이 되어, 두 사람의 운명을 정반대로 갈라놓았지요.

한편, 할리우드의 유명 배우인 짐 캐리 또한 피카소처럼 긍정적인 자기 주문으로 성공을 거두었어요. 긴 무명 시절, 그는 지독한 생활고와 좌절을 맛보아야 했어요. 하지만 매사에 낙천적이었던 그는 매일 밤 할리우드가 한눈에 내려다보이는 언덕에 올라가 이렇게 외쳤다고 해요.

"나는 좋은 배우다. 정말로, 정말로 좋은 배우다. 이 도시의 모든 사람이 나와 일하고 싶어 한다. 나는 최고의 감독들로부터 출연 요청을 받고 있다."

이처럼 우리 모두는 자기 인생의 예언자예요. 그러니 밝은 미래를 꿈꾼다면 늘 긍정적으로 생각하고 말하는 습관을 들여야 해요.

40

성공은
새로움이 불러온다

발견을 위한 참다운 항해는
새 땅을 찾아내는 것보다도
세상을 새로운 눈으로 보는 데 의의가 있다.

• 마르셀 프루스트 •

위대한 진보는
새로운 대담한 상상력에서 나오는 것이다.

• 존 듀이 •

큰 성공과 소박한 성공

    옛날 인도 사람들은 원숭이를 쉽게 잡는 비결을 알고 있었어요. 그들은 책상 모양의 덫을 원숭이 무리가 자주 나타나는 원시림에 가져다 두고, 서랍에는 사과나 다른 과일을 넣어 둬요. 이때, 책상의 서랍 틈새를 아주 작게 만들어 열리지 않게 장치해 두면 원숭이는 서랍 속 과일을 발견하고 손을 뻗어 사과를 꺼내려고 해요. 그러면 바로 그 순간, 원숭이는 사람들이 놓아둔 덫에 걸려 옴짝달싹 못하게 되고, 결국 사람들은 손쉽게 원숭이를 잡을 수 있어요.

    어느 날, 한 사냥꾼이 똑같은 방법으로 원숭이를 잡고자 했어요. 아니나 다를까, 사냥꾼이 책상 모양의 덫을 놓자 사과 냄새를 맡은 원숭이는 쭈뼛하며 책상 주변으로 다가왔어요.

마르셀 프루스트 1871~1922 ··· 프랑스의 소설가인 마르셀 프루스트는 어린 시절부터 글쓰기 연습을 많이 했어요. 그리고 1870년부터 제1차 세계 대전이 벌어진 프랑스를 배경으로 하여 원고지 1,000매가 넘는 대작 『잃어버린 시간을 찾아서』를 썼어요. 『잃어버린 시간을 찾아서』는 20세기 전반의 소설 중에서도 뛰어난 작품성과 방대한 분량으로 최고의 소설로 손꼽히고 있어요.

원숭이는 한 손을 서랍 안으로 뻗어서 사과를 집으려고 했어요. 하지만 사과는 너무 크고 서랍 틈은 매우 좁아서 사과를 빼내기에 역부족이었지요.

커다란 나무 뒤에 숨어 이 광경을 지켜보던 사냥꾼은 원숭이를 잡기 위해 자리에서 일어났어요. 손쉽게 원숭이를 잡게 된 그의 기분은 날아갈 것만 같았지요.

그런데 바로 그 순간, 언제나 서랍 안에 한 손만을 집어넣었던 원숭이가 갑자기 다른 손도 서랍 안으로 집어넣는 것이 아니겠어요? 결국 원숭이는 서랍 안에 넣은 양 손을 힘껏 비틀어 서랍을 부숴 버렸어요. 그러고는 부서진 서랍 사이로 떨어진 사과를 맛있게 주워 먹고 사라져 버렸답니다.

이처럼 다른 사람의 성공을 보고 배우는 것도 중요하지만 매번 따라 해서만은 발전이 없어요. 때로는 자신만의 특별한 방법을 스스로 생각해내야 한답니다.

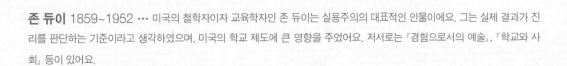

존 듀이 1859~1952 ⋯ 미국의 철학자이자 교육학자인 존 듀이는 실용주의의 대표적인 인물이에요. 그는 실제 결과가 진리를 판단하는 기준이라고 생각하였으며, 미국의 학교 제도에 큰 영향을 주었어요. 저서로는 『경험으로서의 예술』, 『학교와 사회』 등이 있어요.

41

내 인생의 연금술

그게 바로 연금술의 존재 이유야.
우리 모두 자신의 보물을 찾아
전보다 더 나은 삶을 살아가는 것,
그게 연금술인 거지.
납은 세상이 더 이상 납을 필요로 하지 않을 때까지
납의 역할을 다하고 마침내는 금으로 변하는 거야.
연금술사들이 하는 일이 바로 그거야.

우리가 지금의 우리보다 더 나아지기를 갈구할 때
우리를 둘러싼 모든 것들도 함께 나아진다는 걸
그들은 우리에게 보여 주는 거지.

● 파울로 코엘료, 『연금술사』 중에서 ●

파울로 코엘료 1947~ ⋯ 파울로 코엘료의 대표작 『연금술사』는 세계 20여 개 언어로 번역되어 널리 사랑받고 있어요.
『연금술사』는 양 치는 청년이 이집트 피라미드 부근에서 보물을 발견하는 꿈을 꾸고 이집트로 떠나 보물을 발견하게 되는 과정
을 그린 책이에요. 독자들은 이 책을 두고 '읽을 때마다 스스로를 돌아보게 만드는 묘한 마력이 있다' 라고 평하며 '신비의 책' 이라
는 별칭을 붙여 주었어요.

가장 아름다운 나뭇잎

어느 날, 깊은 산 속에서 수양하던 스님이 두 제자 중 한 명에게 의발을 내주어 불법을 전수하고자 했어요. 의발은 스님이 입던 옷과 사용하던 식기 등, 일상생활에 쓰던 소지품을 뜻해요.

스님은 두 제자를 불러들여 말했어요.

"너희는 지금 당장 밖으로 나가서 가장 아름다운 나뭇잎 하나를 가지고 오너라. 둘 중 더 아름다운 나뭇잎을 가져온 자에게 내 의발을 물려주겠노라."

스님의 말이 떨어지기 무섭게, 두 제자는 나뭇잎을 찾아 나섰어요. 그리고 얼마 지나지 않아, 한 명의 제자가 돌아왔어요. 하지만 그가 가져온 것은 보잘것없는 작은 나뭇잎이었어요.

스님은 제자에게 물었어요.

"나는 너에게 가장 아름다운 나뭇잎을 가져오라 하였다. 그런데 어찌하여 이렇듯 작고 볼품없는 잎을 가져왔느냐?"

"이 나뭇잎은 비록 겉모습은 보잘것없지만 제가 본 것 중에서는 가장 아름다운 것이었습니다."

한참이 지나, 다른 제자가 돌아왔어요. 그러나 그
의 손에는 아무것도 들려 있지 않았어요.

스님은 또 제자에게 물었어요.

"나는 너에게 가장 아름다운 나뭇잎을 가져오라
했거늘 어찌 빈손이냐?"

그러자 제자가 투덜거리며 말했지요.

"반나절 동안 수많은 나뭇잎을 보았지만 가장 아름답다고
여겨지는 나뭇잎은 없었습니다."

결국, 스님은 볼품없는 나뭇잎을 가져온 첫 번째 제자에게
자신의 의발을 물려주었답니다.

42

불행의 유혹

사람을 불편하게 만들고 불행으로 이끄는 유혹은
'남들도 그렇게 하니까'라는 말이다.

• 레프 톨스토이 •

하늘과 땅은 영원하다.
그것은 자신만을 위해 존재하지 않기 때문이다.
이와 마찬가지로 진실로 거룩한 존재는
자신만을 위해 살지 않는다.
그래서 그는 영원히 존재한다.

• 작자 미상 •

마음의 그림

이른 아침, 한 동자승이 앞마당을 쓸다가 수북하게 쌓인 낙엽을 보았어요. 남산 아래에 있는 그 산사에는 오래된 나무 한 그루가 있었는데, 낙엽은 그 나무에서 떨어진 것이었어요.

동자승은 떨어진 낙엽과 가지만 남은 앙상한 나무를 번갈아 보며 긴 한숨을 내쉬었어요. 그러고는 곧 노스님을 찾아가 뵙기를 청했어요.

노스님은 얼굴에 수심이 가득한 동자승을 보고 말을 건넸어요.

"이른 아침부터 무슨 일로 수심이 가득한 것이냐?"

동자승은 걱정스러운 얼굴로 말했어요.

"스님께서는 밤낮 심신 수양에 게으름 피우지 말라고 가르

레프 톨스토이 1828~1910 ··· 러시아의 문학가인 레프 톨스토이는 백작 집안의 귀족 출신이면서도 민중의 고통을 외면하고 부를 독점하는 지배 세력을 신랄하게 비판하였어요. 그는 러시아의 문학에 큰 영향을 주어 도스토옙스키와 함께 19세기 러시아 문학을 대표하는 작가로 손꼽혀요. 대표작으로는 『전쟁과 평화』, 『부활』, 『안나 카레니나』 등이 있어요.

치셨습니다. 그러나 아무리 열심히 수련해도 사람은 모두 언젠가는 죽고 말 것입니다. 죽음에 이르는 날, 저 자신 그리고 도라는 것도 가을에 떨어지는 낙엽과 겨울의 마른 장작만 못합니다. 우리 모두가 한 줌의 흙처럼 사라지고 나면 더 무엇이 남겠습니까?"

그러자 노스님은 오래된 나무를 가리키며 다음과 같이 말했어요.

"그런 것을 걱정할 필요는 없다. 가을의 낙엽과 겨울의 마른 장작은 가을바람이 거셀 때 그리고 함박눈이 내릴 때, 소리 없이 나무 위로 올라가서 봄에 필 꽃과 여름에 우거질 나뭇잎을 키운단다."

"그러면 저는 왜 그것을 볼 수 없는 겁니까?"

동자승이 되묻자 노스님은 조용히 미소 지으며 대답했어요.

"네 마음에 꽃이 필 자리가 없으니, 꽃을 볼 수 없는 것이지."

43

껍데기보다
내용이 중요하다

발명은 사람이 하는 것이지
박사 학위가 하는 게 아니다.

• 토머스 에디슨 •

전화로 학위를 받은 에디슨

　주립 대학에서 발명왕 토머스 에디슨에게 명예박사 학위를 수여하기로 했어요. 전 국무장관이던 루오토 이외에는 누구에게도 수여한 적이 없는 명예로운 학위였지요.

　대학의 담당자는 곧 에디슨에게 전화를 걸어 이 사실을 알렸어요.

　"선생님께 명예박사 학위를 드리기로 했습니다. 학위 수여식에 꼭 참석해 주십시오."

　그러나 에디슨은 시큰둥한 말투로 대답했어요.

　"알겠소. 바쁜 일이 없다면 가겠소."

　드디어 수여식 날이 되었어요. 그런데 주인공인 에디슨은 식장에 나타나지 않았어요. 당황한 담당자는 그에게 다급히

토머스 에디슨 1847~1931 ⋯ 미국의 발명가인 토머스 에디슨은 세계에서 가장 많은 발명품을 남긴 인물이에요. 자동 발신기, 축음기, 전화 송신기, 발전기 등 그는 1,000종이 넘는 발명품으로 특허를 받았는데, 그중 전구 발명은 전 세계에 큰 영향을 주었어요. 그렇지만 그의 학력은 초등학교에서 3개월 만에 퇴학을 당한 게 전부였고, 교육은 주로 어머니에게서 받았어요. 그가 가진 끊임없는 도전 정신과 연구에 몰두하는 마음가짐은 오늘날 그를 '발명왕' 이라 부르게 하고 있어요.

연락했어요.

"선생님, 왜 안 오십니까?"

"미안하오. 연구실에 틀어박혀 있느라고 깜빡 잊었소. 바빠서 갈 수 없을 것 같구려."

"그럼 전화로라도 학위를 수여하겠습니다. 괜찮으시겠습니까?"

"전화로 준다면 기꺼이 받지요."

그렇게 하여 에디슨은 전화로 박사 학위를 받았어요. 곁에서 이를 지켜보던 조수는 의아한 표정으로 그에게 물었어요.

"그토록 명예롭고 자랑스러운 박사 학위를 왜 전화로 받으십니까?"

에디슨은 웃으며 대답했어요.

"부질없는 소리. 발명은 내가 하는 것이지 박사 학위가 하는 것이 아닐세."

이렇듯 진정한 명예는 학위나 훈장이 많다고 해서 높아지는 것이 아니에요. 그보다는 뛰어난 업적과 내면의 성숙에서 비롯되는 것이지요. 에디슨이 박사 학위에 연연하지 않고 자신의 연구에 더욱 힘을 쏟은 것도 바로 이러한 사실을 알고 있었기 때문이에요.

44

상상의 힘

난 꼭 비행기 조종사가 될 거야.
그래서 하늘 높이 날아서
반드시 달나라까지 가 볼 거야.

• 닐 암스트롱 •

인생이란 어떠한 경우에도 꿈 없이는 지탱되지 못하는 것 아닌가?
꿈이 없는 사람이라면 혹은 어느 결에 포기해 버린 사람이라면
그의 인생은 사는 것이 아니라 그저 삶을 견디는 것이리라.
그때부터 세월 앞에 무자비하게 방치되어
너무도 갑작스럽게 늙어 버리지 않을까.

● 한젬마 ●

꿈을 향한 발걸음

　　1969년 7월 19일, 플로리다에서 로켓 새턴 5호에 의해 유인 우주선이 발사되었어요. '아폴로 11호'라 이름 붙은 이 우주선에는 닐 암스트롱이 타고 있었지요. 그는 어린 시절부터 바로 이 순간만을 꿈꿔 왔어요. 열여섯 살에 일찌감치 '비행사 면허증'을 획득한 것도 바로 그런 이유에서였지요.

　　아폴로 11호는 달을 향해 나아갔어요. 그리고 7월 20일 오후 10시 56분 20초, 아폴로 11호의 달착륙선이 드디어 달의 표면 위에 착륙했어요. 암스트롱은 우주복을 입고 달을 향해 첫 발걸음을 뗐어요.

　　마침내 달을 정복한 암스트롱은 벅찬 목소리로 이렇게 말했어요.

한젬마 1970~ ⋯ 우리나라의 설치 미술가인 한젬마는 다양한 미술 및 문화 프로그램을 진행한 것으로 유명한 인물이에요. 그녀는 우라나라 최초의 미술 전문 행사 진행자로서 '그림 읽어 주는 여자' , '그림 DJ' 등으로 불려요. 현재는 공공 미술 작품 설치와 아트디렉터로 활발하게 작업 중이에요. 저서로는 『그림 읽어 주는 여자』 등이 있어요.

"이것은 한 사람에게는 작은 발걸음이지만, 인류에게는 위대한 도약이다."

먼 옛날, 누구도 사람이 달에 갈 수 있다고 생각하지 않았어요. 그러나 그것이 현실이 된 것은 암스트롱에게 꿈이 있었기 때문이에요.

꿈이란 없다고 생각하면 정말 없고, 있다고 생각하면 기적처럼 존재할 수 있는 거예요. 우리가 주머니에 손을 찔러 넣으면, 손끝에 느껴지는 동전처럼 말이에요.

45

지고 싶으면 화부터 내라

나를 비평하는 사람이 하나도 없으면
나는 결코 성공할 수 없다.

• 맬컴 엑스 •

자극과 반응 사이에는 빈 공간이 있다.
그 공간에 우리의 반응을 선택하는 자유와 힘이 있다.
그 반응에 우리의 성장과 행복이 달렸다.

• 빅터 프랭클 •

처칠의 여유

영국의 정치가였던 윈스턴 처칠은 누군가가 자신을 비난하여도 여간해서 화를 내는 법이 없었어요. 오히려 유머를 던지며 넉살 좋게 대처하고는 했지요.

하루는 누군가 처칠을 가리켜 '늦잠 자는 게으른 사람'이라고 비난하였어요. 그러자 처칠은 웃으며 이렇게 대답했어요.

"아마도 나처럼 예쁜 아내를 데리고 산다면 당신도 일찍 일어날 수 없을 겁니다."

결국, 처칠의 여유와 대담함에 반한 영국 국민은 그를 총리로 선출했답니다.

맬컴 엑스 1925~1965 ··· 미국의 흑인 해방 운동가인 맬컴 엑스의 본명은 맬컴 리틀이에요. 그는 어린 시절부터 흑인 차별로 고통받아야 했어요. 그는 같은 흑인 해방 운동가 마틴 루서 킹과는 달리 흑인들이 처한 현실과 분노를 적극적으로 고발하였어요. 결국 그는 1965년 뉴욕에서 열린 인종 차별 철폐 집회에서 연설하던 중 암살당하였어요.

빅터 프랭클 1905~1997 ··· 오스트리아의 신경정신과 의사인 빅터 프랭클은 유대인으로 제2차 세계 대전 당시 아우슈비츠 수용소에 갇혔어요. 이때의 경험을 바탕으로 『죽음의 수용소에서』라는 책을 썼으며, '로고 테라피'라는 심리 치료 이론을 만들었어요.

46

포기하지 않는 용기

끝날 때까지는 끝난 게 아니다.

• 앤 설리번 •

인간은 운명에 도전한다.
언제든지 한 번은 모든 것을 바치고
몸을 위험에 내맡기지 않고서는
그 대가로써 커다란 행복과 자유를 얻을 수 없다.

• 펄 벅 •

도전과 용기

어느 나라에 한 임금이 있었어요. 임금에게는 세 아들이 있었는데, 누구에게 왕위를 물려주어야 할지 고민스러웠어요. 그래서 임금은 세 왕자에게 한 가지 시험을 하기로 했지요.

임금은 신하들을 시켜 양옆이 절벽인 길 위에 가짜 큰 바위를 만들게 하였어요. 이 가짜 바위는 특수한 재료로 만들어, 겉으로 보면 단단해 보이지만 실은 양팔로 번쩍 들어 올릴 수 있을 만큼 가벼웠어요.

임금은 세 왕자를 불러들여 그들에게 편지 한 장씩을 쥐여 주었어요.

"너희는 순서대로 이곳을 떠나 변방에 있는 대장군에게 이 편지를 전달하여라."

앤 설리번 1866~1936 ··· 미국의 교육가인 앤 설리번은 헬렌 켈러의 선생님으로 유명해요. 그녀는 어린 시절 시력에 이상이 생겨 시각 장애인 학교에 입학했다가 수술을 받아 시력을 회복하였어요. 그녀는 1887년 헬렌 켈러의 교사가 되어 열성적으로 헬렌 켈러를 교육하여 하버드 대학 졸업을 도왔어요.

왕자들은 임금의 말에 따라 한 명씩 길을 떠났어요.

며칠 뒤, 세 왕자 모두 무사히 임무를 마치고 돌아오자 임금이 물었어요.

"내 듣기로 대장군에게 가는 길 위에 커다란 바위가 있다고 하던데……. 너희는 그것을 어떻게 지나갔느냐?"

그러자 첫 번째 왕자가 대답했어요.

"저는 큰 바위 위를 기어서 지나갔습니다."

이어 둘째 왕자도 질세라 대답했어요.

"저는 다른 길로 돌아갔습니다."

임금은 마지막으로 막내 왕자에게 물었어요.

"그래, 너는 어떻게 길을 지나갔느냐? 큰 바위가 길을 막고 있었는데 말이다."

그러자 막내 왕자가 말했어요.

"저는 절벽 길을 지나는 데 아무런 어려움이 없었습니다. 힘을 줘서 바위를 밀었더니 절벽 아래로 떨어지던걸요."

임금은 당황스러운 얼굴로 되물었어요.

펄 벅 1892~1973 ··· 미국의 소설가인 펄 벅은 어린 시절을 중국에서 보냈어요. 그녀는 대학 교육을 받기 위해 잠시 미국에 돌아갔다가 다시 중국으로 건너가 '푸른 눈의 동양인'으로 불리며 1930년부터 작품 활동을 시작하였어요. 그녀는 중국을 배경으로 하는 작품을 많이 썼는데, 대표작으로 『대지』가 있어요. 이 작품으로 그녀는 1938년에 미국의 여성 작가로는 최초로 노벨 문학상을 받았어요.

"아니, 어떻게 그 커다란
바위를 밀어 볼 생각을 한
것이냐?"

그러자 막내 왕자는 생긋 웃
으며 대답했어요.

"한번 해 보는 것도 나쁘지 않을 것 같다
고 생각했습니다."

결국, 왕은 막내 왕자에게 왕위를 물려
주었답니다.

47

최고의 선수가 되는 법

"당신은 왜 골을 넣지 못하는가?"라는 질문에 대해서는
할 말이 많지만
"당신은 왜 꾸준하지 못하는가?"라는 질문에 대해서는
할 말이 없다.

한 발씩 딛고 오르려면 패배감부터 버려야 합니다.

남들을 원망하거나 변명하는 일 따위도 버려야 합니다.

항상 위기가 닥칠 때마다 '98퍼센트는 내게 책임이 있다'고 생각합니다.

문제를 내 안에서 찾다 보면

반드시 위기에서 탈출할 실마리가 보이게 마련이니까요.

그 실마리를 붙들고 꿋꿋이 길을 걷다 보면

날 괴롭히던 시련은 어느새 더 큰 선물을 안겨 주곤 했습니다.

• 박지성, 『더 큰 나를 위해 나를 버리다』 중에서 •

박지성 1981~ … 우리나라의 축구 선수인 박지성은 현재 프리미어리그 맨체스터 유나이티드 FC에서 뛰고 있어요. 그는 어려서부터 체격이 왜소하여 고등학교 1학년 때까지도 성장에 영향을 줄까 봐 심한 훈련을 하지 않았으나 1999년 명지 대학교로 진학한 후 올림픽 대표로 선발되었어요. 그리고 2002년 FIFA 월드컵 국가 대표로 출전하여 좋은 성적을 올렸어요.

마지막에서 한 번 더

    1920년대 출시된 청량음료인 7UP은 카페인을 뺀 건강 음료로서 큰 성공을 거두었어요. 특히 7UP이라는 브랜드명은 시대를 앞서는 감각적인 느낌으로 소비자들에게 좋은 반응을 얻었지요.

    그러나 사실 이 이름에는 한 가지 재미난 일화가 숨겨져 있어요. 7UP은 본래 '빕-레이블 리티에이티드 레몬-라임 소다'라는 길고 복잡한 이름을 가지고 있었어요.

    그즈음 어떤 사람이 3UP이라는 이름으로 사이다를 만들어 팔았어요. 하지만 그 음료는 소비자들의 관심을 끌지 못해 실패하였어요. 이후 4UP, 5UP로 이름을 바꾸어 다시 내놓았지만, 결국 음료는 6UP를 끝으로 사라지고 말았어요.

    그때 3UP이 4UP, 5UP, 6UP으로 변해 가는 것을 지켜보던 사람이 있었어요. 바로 빕-레이블 리티에이티드 레몬-라임 소다의 제작자였어요. 그는 여기에서 힌트를 얻어 자신의 음료 이름을 7UP으로 바꾸었어요. 그리고 7UP은 선풍적인 인기를 끓게 되었어요.

　성공이란 끊임없는 노력이 필요해요. 물은 30도
에서나 99도에서는 끓지 않아요. 99도까지 온도
를 올렸다 해도 중요한 것은 마지막 1도를 더해
100도를 만드는 거예요.

48

승자의 법칙

최후까지 살아남은 종(種)은
가장 힘이 세거나 똑똑한 종이 아니라,
변화에 가장 민감한 종이다.

약간의 뛰어남이 승리를 가져온다.

• 찰스 다윈 •

소크라테스와
가장 큰 보리 이삭

고대 그리스의 철학자 소크라테스에게 제자 세 명이 다음과 같은 질문을 하였어요.

"스승님, 어떻게 하면 가장 이상적인 사람과 결혼할 수 있습니까?"

그러자 소크라테스는 제자들을 데리고 보리밭으로 갔어요. 그리고 세 명의 제자에게 앞으로 걸어가면서 가장 예쁘고, 가장 큰 보리 이삭을 뽑으라고 하였지요. 단, 기회는 단 한 번뿐이며 절대 뒤돌아보지 말라는 조건을 붙였어요.

제일 먼저 출발한 제자는 몇 걸음 안 가서 크고 예쁜 보리 이삭을 얼른 뽑았어요. 하지만 그는 곧 후회하고 말았지요.

찰스 다윈 1809~1882 ⋯ 영국의 생물학자인 찰스 다윈은 '생물 진화론'의 창시자예요. 그는 해군 측량선에 박물학자로 함께하며 남아메리카, 남태평양의 여러 섬과 오스트레일리아 등을 탐사했어요. 그리고 여기에서 얻은 결과를 정리하여 1859년에 『종의 기원』에 담아 '생물 진화론'을 발표하였어요. 그의 이론은 많은 사람에게 영향을 끼쳐 인류 자연과 문명의 발전을 가져왔어요.

좀 더 앞으로 가 보니 조금 전에 뽑은 것보다 훨씬 크고 예쁜 보리 이삭이 있었기 때문이에요. 하지만 아쉽게도 그에게는 남은 기회가 없었어요.

두 번째로 출발한 제자는 첫 번째 친구의 실패를 교훈 삼아 보리 이삭을 뽑고 싶은 생각이 들 때마다 자신을 일깨웠어요.

'좀 더 가 보면 더 좋은 것이 있을 거야. 조금만, 조금만 더……'

그러나 결국 그는 보리밭 끝까지 갈 동안 아무 이삭도 뽑지 못했어요.

마지막으로 세 번째 제자는 앞선 두 친구의 실패를 교훈으로 삼았어요. 그래서 보리밭의 3분의 1쯤 왔을 때, 보리 이삭을 대, 중, 소로 나누어 눈여겨보았어요. 그리고 다시 3분의 2가량 왔을 때, 또 한 번 이삭의 크기를 확인했어요. 그리고 마지막 3분의 1지점에 다다르자 그는 눈대중으로 나누었던 가장 큰 이삭 중에서 가장 아름다운 것을 뽑았어요.

물론 세 번째 제자가 뽑은 보리 이삭이 가장 예쁘고 가장 큰 것이라고 할 수는 없었어요. 하지만 적어도 심사숙고하여 보리 이삭을 선택한 세 번째 제자는 다른 두 제자와 달리 아무런 후회도 하지 않았답니다.

49

재능과 노력의 차이

빈민 수용소에 있을 때나 먹을 것을 구하기 위해
길거리를 방황하고 있을 때도,
나는 나 자신이 세계에서 제일가는 배우라고 믿고 있었다.
어린아이가 한 생각으로는 어이없게 들리겠지만,
그래도 나의 그 강한 믿음이 나를 구했다.
그런 확신이 없었다면
나는 고달픈 인생의 무게에 짓눌려
일찌감치 삶을 포기해 버렸을 것이다.

● 찰리 채플린 ●

사주팔자와 성공률

어느 날, 하느님의 사자가 인간 세상에 내려왔어요. 그 사자는 우연히 한 스님이 두 아이의 사주팔자를 점쳐 주고 있는 것을 발견하였어요. 스님은 한 아이에게는 크게 성공하여 부자가 될 것이라고 하고, 다른 아이에게는 거지가 될 팔자라고 말해 주었어요.

그로부터 20년 후, 하느님의 사자가 또다시 인간 세상에 내려왔어요. 오랜만에 인간 세상에 내려온 사자는 20년 전 스님이 사주팔자를 점쳐 준 두 아이가 어떻게 살고 있는지 궁금해졌어요.

그런데 성장한 두 아이의 모습을 본 사자는 깜짝 놀라고 말았어요. 크게 성공하여 부자가 될 것이라고 한 아이는 거지가

찰리 채플린 1889~1977 ··· 영국의 희극 배우이자 영화감독, 제작자인 찰리 채플린은 어린 시절 가난 때문에 많은 어려움을 겪었어요. 다섯 살 때부터 극단 무대에 오른 그는 1914년 첫 영화를 발표하였어요. 이후 그는 〈황금광 시대〉, 〈모던 타임스〉, 〈위대한 독재자〉 등의 사회 문제에 유머를 섞은 영화를 만들었어요. 콧수염과 모닝코트를 입은 이미지로 사랑받은 그는 오늘날 20세기 미국 영화의 대표자로 평가받고 있어요.

되었고, 거지가 될 것이라고 한 아이는 크게 성공했기 때문이었어요.

아무리 생각해 보아도 이해가 되지 않은 사자는 하느님에게 돌아가 물었어요.

"하느님, 어째서 저 두 아이는 자신의 팔자와 다른 삶을 사는 것입니까?"

그러자 하느님은 웃으며 대답했답니다.

"선천적인 재능은 3분의 1에 불과하다. 나머지는 자신의 노력에 따라 얼마든지 달라질 수 있느니라."

50

천재 과학자의 비밀

나는 머리가 좋은 것이 아니라
문제가 있을 때 다른 사람보다 조금 더 오래 생각할 뿐이다.

한 번도 실수한 적이 없는 사람은
한 번도 새로운 것에 도전해 본 적이 없는 사람이다.

중요한 것은 계속 의문을 갖는 것이다.
상상의 힘은 지식의 힘보다 중요하다.

● 알베르트 아인슈타인 ●

아인슈타인의 실험실

어느 날, 알베르트 아인슈타인에게 기자가 찾아왔어요. 그는 아인슈타인에게 이런저런 질문을 하다가 말했어요.

"선생님, 선생님의 실험실을 한번 보여 주실 수 있겠습니까?"

기자는 위대한 물리학자인 아인슈타인의 실험실이 어떻게 생겼을지 매우 궁금했어요.

"제 실험실은 보여 드릴 게 없습니다만……."

아인슈타인의 말에도 기자는 물러서지 않았어요. 그는 최첨단 장비로 가득 찬 실험실을 상상하며 기대에 부풀어 실험실을 보여 달라며 아인슈타인을 졸랐어요.

"정 그렇게 보고 싶으시다면……."

알베르트 아인슈타인 1879~1955 ··· 독일의 이론물리학자인 알베르트 아인슈타인은 어린 시절부터 수학과 물리학을 좋아했어요. 그래서 특허국 직원으로 일하면서도 물리학 연구를 계속하여 그는 1905년 특수 상대성 이론, 1916년 일반 상대성 이론을 발표하여 현대 물리학에 큰 영향을 주었어요. 1920년대부터 세계적인 물리학자의 명성을 얻은 그는 1921년 노벨 물리학상을 받았어요.

그리고 아인슈타인은 웃으며 자신의 주머니에서 만년필을 꺼냈어요.

"이것입니다."

기자는 당혹스러웠지만, 다시 침착하게 물었어요.

"그럼 과학 장비 중에서 제일 중요한 것이 무엇인지 보여 주십시오."

그러자 아인슈타인은 옆에 놓여 있던 휴지통을 가리키며 말했지요.

"저것입니다."

어안이 벙벙한 표정으로 아인슈타인을 바라보는 기자에게 그가 말했어요.

"나는 일상생활 중에 머릿속에 뭔가가 떠오르면 그때마다 잊어버리지 않도록 만년필로 메모하고 골똘히 생각합니다. 그러니 따로 실험실이 필요하지 않습니다. 단지 내겐 떠오르는 생각을 적고 계산할 수 있는 만년필, 필요 없는 메모지를 버릴 수 있는 휴지통만 있으면 됩니다. 중요한 건 주변 환경이 아닙니다. 깨어 있는 눈으로 사물을 바라보고 생각하려는 마음과 의지가 우선이지요."

51

사랑과 생명

폭풍의 들판에도 꽃이 피고
지진 난 땅에도 샘이 있고
초토 속에서도 풀은 솟아난다.
이같이 자연은 사랑과 생명으로 가득 차 있다.
우리는 어떠한 슬픔, 고난 속에서도 쓰러지지 말고
사랑과 생명의 속삭임에 귀를 기울여야 한다.

● 바이런 ●

물이 주인을 만나자 얼굴이 붉어졌도다

영국 옥스퍼드 대학의 종교학 시험이 있던 날이었어요. 시험 문제는 '물을 포도주로 바꾼 예수의 기적에 대해 종교적인 의미를 서술하라'였지요.

그런데 창가 쪽에 앉은 한 학생은 우두커니 앉아만 있을 뿐이었어요. 학생이 걱정스러워진 교수님은 그에게 어서 답안지를 채우라고 채근하였지요. 그러자 그는 대뜸 시험지를 제출하고 밖으로 나가 버렸어요. 교수님이 확인한 답안지에는 다음과 같은 단 한 줄의 문장만 적혀 있었어요.

'물이 주인을 만나자 얼굴이 붉어졌도다.'

이 학생은 바로 '천재 시인'이라 불렸던 영국의 낭만파 시인, 바이런이랍니다.

바이런 1788~1824 ··· 영국의 시인인 바이런은 슬픈 서정과 인간의 고뇌 등을 작품에 담아내어 낭만주의를 이끌었어요. 그는 자신이 하고 싶은 이야기를 시로 쓰고 자유롭게 살았으며, 영국 낭만주의 시인 중에서 가장 왕성하게 활동하였어요. 그의 작품은 유럽 전체에서 널리 사랑받았으며 우리나라에서도 그의 작품은 인기를 끌었어요. 대표작으로 『카인』, 『돈 주앙』 등이 있어요.

52

정말
부끄러워해야 할 것

정상에 오른 자들을 시기하지 마라.
그들이 목숨을 걸고 산비탈을 오를 때
그대는 혹시 평지에서 팔베개를 하고
다디단 잠에 빠져 있지는 않았는가.
때로는 나태를 부끄러워하지 않는 것도
죄악이라는 사실을 명심하라.

● 이외수, 『아불류 시불류』 중에서 ●

말발굽과 앵두

어느 날, 예수가 자신의 제자인 베드로와 함께 여행길에 올랐어요. 한참을 걷던 그들은 우연히 길가에 떨어진 말발굽을 보게 되었어요.

예수는 베드로에게 말했어요.

"베드로야, 저 말발굽을 주워라. 나중에 필요한 곳이 있을 것이다."

그러나 베드로는 허리를 굽히는 것이 귀찮아 스승의 말을 못 들은 척했지요. 그러자 예수는 직접 허리를 굽혀 말발굽을 주웠어요. 그러고는 그것을 대장장이에게 싼값에 팔아 얻은 돈으로 앵두 열여덟 개를 샀어요.

베드로와 예수는 여행을 계속했어요. 그들의 여행길은 끝

이외수 1946~ ··· 우리나라의 문학가인 이외수는 독특한 상상력과 감성적인 언어로 대중적인 사랑을 받고 있어요. 또한 한때 화가를 지망하였을 만큼 그림에 조예가 깊어 개인전을 열기도 했으며, 인터넷과 다양한 매체를 통해 독자들과 끊임없이 소통하고 있어요. 대표적인 작품으로는 『벽오금학도』, 『꿈꾸는 식물』, 『들개』 등이 있어요.

없이 황량한 들판이었지요. 베드로는 점점 입안이 탈 것처럼 갈증이 났어요. 그러자 이를 눈치챈 예수는 소매 밑에 두었던 앵두를 하나씩 떨어뜨렸어요. 베드로는 길에 떨어진 앵두를 주워 목을 축였지요.

　그렇게 예수는 계속해서 앵두를 떨어뜨렸고, 베드로는 열여덟 번이나 허리를 굽혀 앵두를 주워 먹었어요. 마침내 앵두가 모두 떨어지자 예수는 베드로를 바라보며 이렇게 말했답니다.

　"그렇게 자네가 처음 한 번 허리를 굽혔으면, 그렇게 많이 굽히지 않아도 되었을 것 아닌가."

53

진정한 친구의 의미

나를 비추는 가장 좋은 거울은 오랜 친구이다.

• 조지 허버트 •

어리석은 자는 조금만 따뜻해져도
오래도록 입고 있던 겨울옷을 벗어 던진다.
행복의 먼동이 틀 때야말로
불행했을 때의 좋은 벗을 잊어서는 안 된다.

• 빌헬름 뮐러 •

도마뱀의 우정

일본 도쿄에서 있었던 일이에요. 올림픽 경기장 건설을 위해 인부들이 여러 채의 집을 허물고 있었어요. 그런데 그때, 지붕을 벗기던 한 일꾼이 소리쳤어요.

"아니! 저것 좀 보게!"

일하던 일꾼들이 그 소리에 놀라 몰려들었어요. 그곳에는 놀라운 광경이 펼쳐져 있었어요. 꼬리에 못이 박힌 도마뱀이 눈을 말똥말똥 뜨고 인부들을 바라보고 있었던 거예요.

도마뱀이 나온 집의 주인도 달려와 어리둥절해했어요. 지난 3년간 그 집에 살던 주인도 도마뱀의 정체를 전혀 몰랐기 때문이었어요.

"그렇다면 누군가 도마뱀을 도와준 모양이야. 지금까지 살

조지 허버트 1593~1633 ··· 영국의 목사이자 시인인 조지 허버트는 학자였으나 서른일곱 살에 목사가 되었어요. 그리고 세상을 떠날 때까지 종교 시집 『성당』을 썼어요. 『성당』은 인간 영혼의 갈등과 신의 사랑을 읊은 약 160편의 시로 구성되어 있어요.

아 있는 걸 보면."

"필시 무슨 사연이 있을 거야. 우리 한번 지켜보도록 하세."

일꾼들은 공사를 중단하고 도마뱀을 살펴보기로 했어요.

세 시간 후, 어디선가 다른 도마뱀 한 마리가 기어 나오더니 꼬리에 못이 박힌 도마뱀의 입에 먹이를 넣어 주었어요. 못이 박힌 도마뱀이 먹이를 받아먹자 그 도마뱀은 후다닥 어디론가 사라졌어요. 그리고 두 시간쯤 지나 또 먹이를 가져왔지요.

"아니, 그렇다면 3년 동안이나 저렇게 먹이를 물어다 주었단 말인가?"

"사람도 저러기 쉽지 않았을 텐데……."

결국, 못이 박힌 도마뱀은 온갖 위험을 무릅쓰고 친구를 위해 먹이를 물어다 준 친구 도마뱀 덕분에 3년여 동안 죽지 않고 살아남을 수 있었던 거예요.

일꾼과 집주인은 두 마리의 도마뱀을 지켜보며 큰 감동을 받았답니다.

빌헬름 뮐러 1794~1827 ··· 독일의 시인인 빌헬름 뮐러는 민중을 주제로 한 낭만적인 시를 많이 썼어요. 1813년 프랑스와의 전쟁에서 싸웠고, 1817년 이탈리아 여행 후 교사로 지냈어요. 그의 작품은 맑고 깨끗한 민요풍으로 널리 사랑받았어요. 대표작으로는 『보리수』, 『겨울 나그네』 등이 있는데 작곡가 슈베르트의 손을 거치면서 세계적으로 유명한 가곡이 되었어요.

54

비관과 낙관

비관론자는 모든 기회 속에서 어려움을 찾아내고,
낙관론자는 모든 어려움 속에서 기회를 찾아낸다.

위험이 다가왔을 때 도망치려고 생각해서는 안 된다.
그렇게 되면 도리어 위험이 배가된다.
그러나 결연하게 맞선다면 위험은 반으로 줄어든다.
무슨 일을 만나거든 결코 도망쳐서는 안 된다.

• 윈스턴 처칠 •

떨어지지 않은 사과

　　1991년 가을, 일본 아오모리 현에는 연이은 태풍으로 재배하던 사과 중 90퍼센트가 떨어져 버렸어요. 애지중지 키운 사과를 90퍼센트나 팔 수 없게 된 농민들은 기운을 잃고 한탄과 슬픔에 빠졌지요.

　　하지만, 이때 결코 한탄하거나 슬퍼하지 않았던 한 사람이 있었어요. 오히려 그는 "괜찮아, 괜찮아"라며 주위 사람들의 용기를 북돋워 주었어요. 사과가 거의 다 떨어져서 팔 수 없게 되었는데도 그 사람은 왜 괜찮다고 한 것일까요?

　　그것은 바로 다음과 같은 생각 때문이었어요.

　　'떨어지지 않은 나머지 10퍼센트의 사과를 '떨어지지 않은 사과'라는 이름으로 팔자. 한 개당 1만 원에.'

윈스턴 처칠 1874~1965 ··· 영국의 정치가인 윈스턴 처칠은 군인으로 활동하다 1900년부터 정치에 입문하였어요. 제2차 세계 대전 중 영국의 총리로서 전쟁의 최고 정책을 지도하기도 했어요. 전쟁 후 그는 소련의 사회주의 세력에 대한 반대를 주장하며 1946년 '철의 장막'이라는 신조어를 널리 퍼뜨렸어요. 저서 『제2차 세계 대전』으로 1953년 노벨 문학상을 수상하기도 했어요.

조금은 엉뚱한 생각이었지만 일반 사과보다 열 배가 넘는 가격의 이 비싼 사과는 날개 돋친 듯 팔렸어요. '떨어지지 않은 사과!'라는 이름 때문에 특히 수험생들에게 폭발적인 사랑을 받았던 거예요.

그는 태풍으로 떨어진 90퍼센트의 사과를 의식하지 않고, 떨어지지 않은 10퍼센트의 사과, 즉 10퍼센트의 가능성을 보았어요. 바로 위기 속에서 기회를 찾아냈던 거예요.

55

세상에서
가장 아름다운 것

세상에서 가장 아름다운 것은 오늘

세상에서 가장 쉬운 일은 잘못 생각하는 것

세상의 모든 불행의 근원은 이기심

세상에서 가장 나쁜 패배는 용기를 잃는 것

나를 가장 행복하게 만드는 것은 다른 사람에게 도움이 되는 것

세상에서 가장 나쁜 잘못은 짜증을 내는 것

세상에서 가장 아름다운 선물은 이해
세상에서 가장 필요한 것은 마음의 평화
세상에서 가장 좋은 해결책은 낙관주의
세상에서 가장 큰 만족감은 책임 완수
세상에서 가장 아름다운 것은 사랑

● 마더 테레사 ●

마더 테레사 1910~1997 ··· 마더 테레사가 세운 '사랑의 선교회'는 가난한 사람 중에서도 가난한 사람을 도와주었어요. 그녀와 '사랑의 선교회'는 널리 알려져 세계 곳곳에 분원이 세워지고 도움이 필요한 곳에 손길을 내밀었어요. 그녀는 1997년 세상을 떠나기 직전까지 심장병과 말라리아에 걸려 고생하면서도 자선 활동을 멈추지 않았어요.

마더 테레사 효과

　'마더 테레사 효과'란 '남을 도움으로써 일어나는 정신적, 신체적, 사회적 변화'를 가리키는 말이에요. 다른 말로 '슈바이처 효과'라고도 불러요.

　1998년, 미국 하버드 대학에서는 학생들을 모아 한 가지 실험을 하였어요.

　사람의 침에는 질병으로부터 몸을 보호하는 면역 항체가 들어 있는데, 근심이나 긴장 상태가 지속되면 침이 말라 이 항체가 줄어들어요. 연구를 주관한 교수는 이 면역 항체를 이용해 '남을 위한 봉사 활동을 하거나, 혹은 그러한 일을 보는 것만으로도 인체의 면역 기능이 크게 향상된다'는 자신의 학설을 입증해 보고 싶었어요.

　그는 우선 학생들의 면역 항체 수치를 조사하여 기록하였어요. 그 후 학생들에게 사랑과 봉사의 상징, 마더 테레사의 일대기를 다룬 영화를 보여 주었어요. 그리고 그다음 학생들의 면역 항체 수치가 어떻게 변화하였는지 비교하였지요.

결과는 놀라웠어요. 학생들의 면역 항체 수치가 실험 전보다 높게 나타났던 거예요. 그 후, 교수는 자신의 연구에 '마더 테레사 효과'라는 이름을 붙였어요.

한편, '헬퍼스 하이(Helper's High)'라 하여 '남을 도왔을 때 느껴지는 심리적 포만감'을 뜻하는 용어도 있어요. 남을 도와준 사람의 몸은 혈압과 콜레스테롤 수치가 현저히 낮아지고 엔도르핀이 정상치의 세 배 이상 분비되어 몸과 마음에 활력이 넘치게 된답니다.

56

세상이 필요로 하는 사람

세상은 이런 사람을 필요로 한다.

돈으로 살 수 없는 사람을,

말이 그의 보증이 되는 사람을,

의견과 뜻이 있는 사람을,

위험을 무릅쓰는 일에 머뭇거리지 않을 사람을,

군중 틈에서 자신의 개성을 잃지 않을 사람을,

큰일에서나 작은 일에서나 정직할 사람을,

잘못된 것과는 타협하지 않을 사람을,

야망을 자신의 이기적인 열망으로 제한하지 않을 사람을,

"모든 사람이 그렇게 하기 때문에 그렇게 한다"고
말하지 않을 사람을,
역경뿐 아니라 번영 가운데서도,
좋은 일이든 나쁜 일이든 친구들에게 진실할 사람을,
약삭빠르고, 교활하고, 고지식한 것이
성공의 지름길이라고 믿지 않는 사람을,
한 사람도 따르지 않아도 진리를 위해
홀로 서기를 두려워하거나 부끄러워하지 않을 그런 사람을,
세상의 나머지 사람들이 "예"라고 말해도
"아니오"라고 강조하여 말하는 사람을.

● 찰스 스윈돌 ●

찰스 스윈돌 1934~ ··· 미국의 목사이자 종교학자인 찰스 스윈돌은 전 세계에 널리 방송되는 라디오 프로그램 '인사이트 포
리빙'의 진행자이기도 해요. 그는 댈러스 신학 대학원의 총장이며 서른 권이 넘는 책을 펴내 많은 이의 호응을 얻었어요. 저서로
『행복한 가정의 탄생』, 『당신 영혼에 내민 따뜻한 손 격려』 등이 있어요.

소녀의 기쁨

　한 마을에 귀엽고 사랑스러운 소녀가 살고 있었어요. 그런데 어느 날, 소녀는 풀밭을 지나다가 가시에 찔려 상처를 입은 나비 한 마리를 보게 되었어요. 소녀는 나비에게 다가가 조심스레 가시를 빼 주고 하늘로 다시 날아갈 수 있도록 도와주었어요.

　며칠 후, 소녀의 집으로 아름다운 선녀가 찾아와 말했어요.

　"당신의 소원 하나를 들어주겠어요."

　갑작스러운 선녀의 등장에 깜짝 놀란 소녀가 물었어요.

　"당신은 누구이신가요?"

　선녀는 조용히 미소 지으며 대답했지요.

　"나는 지난번 당신이 구해 준 나비예요. 내 생명을 구해 준 당신에게 은혜를 갚고 싶어서 이렇게 찾아왔지요. 자, 어서 소원을 말해 봐요."

　그러자 소녀는 잠시 생각하더니 말했어요.

　"저는…… 기쁨을 갖고 싶어요."

소녀의 말이 끝나자마자, 선녀는 소녀의 귓가에 무엇인가를 소곤소곤 말하고는 훨훨 날아가 버렸어요.

이후, 소녀는 소원대로 평생 기쁨을 누리며 살았어요. 오랜 시간이 지나 소녀는 백발의 할머니가 되었지만, 여전히 늘 즐겁고 행복해 보였지요. 이웃 사람들은 늘 웃는 얼굴인 그녀를 부러워했어요. 급기야 어떤 사람들은 그녀를 찾아와 이렇게 묻기도 했지요.

"도대체 당신처럼 행복하게 살기 위해서는 어떻게 해야 하나요?"

"선녀가 당신에게 도대체 무엇을 말했는지 알려 주세요."

그러자 그녀는 조용히 미소 지으며 이렇게 말했답니다.

"그 선녀는 주변의 모든 사람에게 내 사랑이 필요하다고 말해 주었어요."

57

위대한 인격의
가장 큰 덕목

검소에서 사치로 가기는 쉬워도,

사치에서 검소로 가기는 어려운 게 인지상정이다.

• 주자, 『소학』 중에서 •

송나라 재상, 장지백

송나라 때의 인물 장지백은 재상의 자리에 오른 후에도 소박하고 검소한 생활을 하였어요. 이에 몇몇 사람들이 그 이유를 묻자 장지백은 이렇게 대답하였어요.

"지금 내 녹봉으로는 온 가족이 좋은 옷 입고 좋은 음식 먹기에 충분하다네. 그런데 검소에서 사치로 가기는 쉬워도, 사치에서 검소로 가기는 어렵지 않겠는가? 내가 언제까지 재상의 자리에 있겠으며, 내 몸이 어찌 항상 보존되겠는가? 하루 아침에 지금과 처지가 달라지면, 내 가족들은 사치를 익힌 지 오래인지라, 갑자기 검소해질 수 없어 반드시 혼란스러워질 것일세."

주자 1130~1200 ··· 중국 송나라 때의 철학자인 주자는 유학에서 발전하여 온 성리학을 집대성한 인물이에요. 그는 유학의 체계를 세웠다고 평가받으며, 성리학을 '주자학' 이라고도 불러요. 그의 저서 중 『소학』은 소년들에게 유학의 기본을 가르치기 위해 만든 책으로 우리나라 조선 시대에도 교재로 쓰었어요.

58

교육의 위대함

1년의 계획으로 곡식 심는 것만 한 게 없고,
10년의 계획으로 나무 심는 것만 한 게 없으며,
평생의 계획으로 사람 심는 것만 한 게 없다.

• 정조 •

가르침의 방법

아이들 교육에 신경을 많이 쓰는 어느 젊은 아버지가 이웃을 찾아갔어요. 그들은 정원에서 아이들에 대한 이야기를 나누었어요.

젊은 아버지가 이웃에게 물었어요.

"부모는 아이들에게 얼마나 엄격해야 합니까?"

이웃 사람은 두꺼운 나무와 가늘고 어린나무 사이에 묶인 밧줄을 가리키며 말했어요.

"이 밧줄을 풀어 보시오."

젊은 아버지가 밧줄을 풀자마자 어린나무는 굽어 버렸어요.

그러자 이웃 사람은 다시 말했어요.

"이제 다시 밧줄을 묶어 보시오."

정조 1752~1800 ••• 조선 시대의 제22대 임금인 정조는 1752년에 사도세자와 혜경궁 홍씨 사이에서 태어났어요. 그는 아버지 사도세자가 뒤주 속에 갇혀 죽는 것을 경험하였으며, 1776년에 왕위에 올라 조정의 붕당을 없애고 나라의 통합을 이루려 노력했어요. 또한 새로운 인재를 대거 등용하고, 탕평책을 시행하는 등 갖가지 개혁을 활발히 진행하였어요.

밧줄을 묶자, 어린나무는 똑바로 서게 되었어요.

"보시오. 아이들도 마찬가지라오. 부모는 아이들에게 엄격해야 하지만 가끔은 밧줄을 풀어 줘야 하오. 아이들이 자라는 것을 보시오. 만일 아이들이 혼자 설 수 없으면 밧줄로 단단히 묶어 주어야 하오. 하지만 아이들이 독립하면 밧줄을 없애야 한다오."

59

욕심은 신이
설치한 지뢰다

빗방울이 연잎에 고이면

연잎은 한동안 물방울의 유동으로 일렁이다가

어느 정도 고이면 수정처럼 투명한 물을 미련 없이 쏟아 버린다.

'연잎은 자신이 감당할 만한 무게만 싣고 있다가

그 이상이 되면 비워 버리는구나'라고 그 지혜에 감탄하게 된다.

그렇지 않고 욕심대로 받아들이면

마침내 잎이 찢어지거나 꺾이고 말 것이다.

세상사의 이치도 이와 마찬가지다.

• 법정 스님 •

한 평의 땅

어느 마을에 욕심 많은 농부가 살고 있었어요. 하루는 그에게 천사가 찾아와 이렇게 말했지요.

"하느님께서 특별히 너에게 소원 한 가지를 들어주라 하셨다. 네가 커다란 원을 그리고 돌아오면 그만큼의 땅을 주겠다. 말을 타도 좋고 그냥 맨몸으로 뛰어도 좋다. 단, 해지기 전까지 출발지로 돌아와야 한다."

천사의 말이 끝나자마자 농부는 가장 빠른 말을 타고 내달리기 시작했어요. 그는 가능한 한 크게 원을 그려서 땅 부자가 될 생각이었지요.

얼마 후, 농부를 태운 말의 다리가 휘청거렸어요. 한참을 쉬지 않고 달리다 보니 말의 기력이 쇠했던 거예요. 하지만

법정 스님 1932~2010 ··· 우리나라의 불교 승려이자 수필 작가인 법정 스님의 본명은 박재철이에요. 그는 '무소유' 정신으로 잘 알려져 있으며 많은 수필을 통해 자신의 생각과 뜻을 전해 왔어요. 1956년에 승려 효봉의 제자로 출가한 그는 1970년대에 조계산 송광사 뒷산에 불일암을 지어서 그곳에서 지냈어요. 대표작으로는 『무소유』, 『오두막 편지』 등이 있어요.

그는 멈출 생각이 없었어요.

결국, 지칠 대로 지친 말은 길바닥에 나동그라졌어요.

"이런 멍청한 말 같으니!"

농부는 성질을 부리며 말을 버리고 뛰기 시작했어요.

마침내 해가 질 무렵이 되자 농부는 출발지로 돌아왔어요. 하지만 지나치게 욕심을 냈던 탓에 하마터면 약속 시간을 어길 뻔했어요.

천사는 헉헉거리며 숨을 고르는 농부에게 말했어요.

"이제 이 넓은 땅은 모두 네 것이다."

바로 그때, 비 오듯 땀을 흘리며 서 있던 농부는 그만 힘없이 쓰러져 버렸어요. 넓은 땅을 계속해서 달리느라 심장에 무리가 왔던 거예요.

그날 밤, 숨을 거둔 농부는 마을 사람들에 의해 땅에 묻혔어요. 결국, 그토록 넓은 땅을 욕심냈던 그는 자신이 묻힌 한 평의 땅만을 가지게 된 셈이었지요.

60

우리의 오늘이 미래를 만든다

인생이란 우리의 생각이 만들어 내는 것이다.

• 마르쿠스 아우렐리우스 •

인간은 누구나 자기 인생의 예언자이다.

• 오쇼 라즈니쉬 •

위인들의 공통점

1909년, 노벨 화학상을 받은 독일의 물리화학자 오스트발트는 위인이나 성공한 사람들의 두 가지 공통점을 발견했어요.

바로 '긍정적 사고'와 '독서'였어요. 자신의 가능성을 믿고 행동하는 용기 그리고 깊고 넓은 책 읽기가 우리의 인생을 보다 훌륭하게 만들어 주는 열쇠인 거예요.

사람은 모두 한 가지씩 뛰어난 재능을 가지고 태어나요. 그러니 자신감을 가지고 열심히 노력한다면 무엇이든 이루지 못할 것이 없답니다.

마르쿠스 아우렐리우스 121~180 ··· 로마 제국의 제16대 황제인 마르쿠스 아우렐리우스는 '철인 황제'로 불리며 외적의 침입을 막아 냈어요. 그는 전쟁터에서 세상을 떠났고, 그의 죽음으로 로마 제국도 쇠퇴하기 시작했어요. 철학자이기도 한 그는 금욕과 절제를 주장하였고, 전쟁 중에 자신의 사상을 『명상록』으로 펴내기도 하였어요.

오쇼 라즈니쉬 1931~1990 ··· 인도의 작가이자 철학자인 오쇼 라즈니쉬는 1960년대 철학 교수로 인도를 돌아다니며 강연을 했어요. 그는 사회주의와 간디, 기존의 종교를 반대하였고 성의 개방성을 지지하였어요. 1970년대부터 제자들을 가르치며 종교 경전이나 철학자들의 글을 다시 해석하며 살았어요.

61
소박한 것의 위대함

나 하나쯤 어떻게 한다고 해서
세상이 변할까라고 생각하지 마라.
분명 당신이 할 수 있는 일이 있고,
그 일은 세상을 바꿀 것이다.
미래에 많은 돈을 벌기 위해서
어린 시절을 희생하지 마라.
삶은 돈 버는 것 이상이 되어야 한다.

생명에 대한 경외감을 가지고 있는 사람이라면
단순히 기도만을 하고 있지는 않을 것이다.
그는 생명을 지키기 위한 전투에 자신을 투신할 것이다.
다른 이유 때문이 아니라 바로 자기 자신도
생명의 연장선상에 있는 똑같은 생명이기 때문이다.

• 제인 구달 •

제인 구달 1934~ ⋯ 영국의 동물학자이자 환경 운동가인 제인 구달은 스물여섯 살이 되던 해, 탄자니아로 건너가 야생 침팬지 연구를 시작했어요. 그리고 40여 년이 넘는 시간 동안 침팬지 연구에 몰두하여 이전에는 몰랐던 많은 사실을 밝혀냈어요. 오늘날 그녀는 세계적인 환경 운동가이자 침팬지들의 대모로 많은 존경을 받고 있어요.

하나의 영혼
레프 톨스토이

강은 연못과 다르고
연못은 개울과 다르며
개울은 물그릇과 다르다.
하지만 강과 연못, 개울과 그릇은
모두 똑같은 물을 안고 있다.

건강한 어른, 아픈 아이, 가난한 노인도
겉모습은 서로 다르지만
누구에게나 똑같은 영혼이 깃들어 있다.
그 영혼이 모두에게 삶을 준다.

우리에게 모든 사람, 모든 생명체와 하나이다.
그러니 사람뿐 아니라 모든 생명에도
우리 자신이
대접받고 싶은 대로 대해야 한다.

62

신이 우리를 길들이는 방법

기다림을 배워라.

사람은 먼저 자기 자신의 주인이 되어야 한다.

그런 다음에야 타인을 다스리게 될 것이다.

길고 긴 기다림 끝에 계절은 완성을 가져오고

감추어진 것은 무르익게 된다.

신은 우리를 채찍으로 길들이지 않고 시간으로 길들인다.

시간과 나는 또 다른 시간 그리고 또 다른 나와

겨루고 있다는 말이 있다.

• 필리프 2세 •

현재의 생각을 지켜라
『법구경』

슬픔이 있으면 기쁨이 있고,

기쁨이 있으면 슬픔도 있다.

그러므로 기쁨과 슬픔의 양 극단을

잘 조복시키고 다스려

선도 없고 악도 없을 때,

비로소 모든 집착에서 벗어날 수 있다.

지난날의 그림자만을 추억하고 그리워하면

꺾인 갈대와 같이 말라비틀어지고 초췌해질 것이다.

그러나 지난날의 일을 참회하고,

현재를 성실하게 살아간다면

몸도 마음도 건전해지리라.

필리프 2세 1165~1223 ··· 프랑스 카페 왕조의 제7대 왕인 필리프 2세는 1180년에 왕위에 올랐어요. 그는 카페 왕조의 약해진 왕권을 회복하여 국가 체제를 정비하고 영국, 신성 로마 제국과의 전쟁에서 이겨 프랑스 국력을 높였어요. 십자군 원정에도 참가하였으며, 프랑스 국왕 최초로 위대한 왕이라고 평가받으며 '필리프 존엄왕' 이라는 별명을 얻었어요.

지나간 과거에 매달리지도 말고
아직 오지 않은 미래를 기다리지도 마라.
오직 현재의 한 생각만을 굳게 지켜라.
그리하여 지금 할 일을 다음으로 미루지 마라.
지금 이 순간을 진실하고 굳세게 살아가는 것,
그것이 하루하루를 살아가는 최선의 길이다.

63

그때야 알았다

벼랑 끝 100미터 앞, 하느님이 날 민다.

나를 긴장시키려고 그러나?

10미터 앞, 계속 민다.

이제 곧 그만두겠지.

1미터 앞, 더 나아갈 데가 없는데 설마 더 밀진 않겠지.

벼랑 끝.

아니야, 하느님이 날 벼랑 아래로 떨어뜨릴 리가 없어.

내가 어떤 노력을 해 왔는지 너무나 잘 알 테니까.
그러나 하느님은 벼랑 끝자락에 간신히 서 있는 나를
아래로 밀었다.
……

그때야 알았다.
나에게 날개가 있다는 것을.

• 한비야, 『그건 사랑이었네』 중에서 •

한비야 1958~ ··· 우리나라의 오지 탐험가이자 작가, 국제기관 단체인인 한비야는 서른다섯 살 때 직장을 그만두고 세계 여행을 떠났어요. 그리고 세계 각국의 오지를 돌아다니며 다양한 문화를 체험하였고, 이를 바탕으로 책을 펴냈어요. 또한 비정부기구 '월드비전'에서 긴급 구호팀에서 활동하기도 하며 도움이 필요한 곳에 손을 내밀었어요. 대표작으로 『바람의 딸, 걸어서 지구 세 바퀴 반』 등이 있어요.

시인의 꽃밭

어느 마을에 인생의 무상함을 느끼는 한 시인이 있었어요. 더 이상 사는 데 의미가 없다고 생각한 그는 결국 스스로 목숨을 끊기로 마음먹었어요.

그는 아무것도 자라지 않는 들판에 와서 자신이 누울 무덤을 팠어요. 그런데 무덤을 다 파고 나자 시인은 자신이 평생 누워 있을 무덤 주변이 너무 황량해 보였어요. 그래서 나무와 꽃을 가져와 심기 시작했지요.

그런데 놀라운 일이 벌어졌어요. 하루, 이틀, 사흘…… 꽃과 나무를 심고 가꾸다 보니 지금껏 느껴 보지 못했던 사는 재미가 생겨난 것이었어요. 시간이 지날수록 들판은 희귀한 나무와 예쁜 꽃으로 풍성해져 더없이 아름다워 보였어요. 그리고 들판을 구경하려는 사람들의 발길이 끊이지 않았지요.

그러던 어느 날, 시인은 꽃밭을 구경하던 한 소녀가 엄마에게 뭔가를 묻는 것을 듣게 되었어요.

"엄마, 이건 뭐예요?"

"글쎄, 엄마도 모르겠다. 아저씨한테 물어보자."

소녀는 시인을 찾아와 수줍게 말했어요.

"아저씨, 저 커다란 구덩이는 뭐예요?"

소녀의 손은 시인이 예전에 죽으려고 파 놓은 무덤을 가리키고 있었어요. 시인은 부끄러운 마음에 잠시 할 말을 잃었어요. 이윽고 입을 연 시인은 대답했어요.

"이건 아저씨가 특별히 너를 위해 파 놓은 나무 구덩이란다. 이곳에 네가 좋아하는 나무를 심어줄게."

생각지도 못한 선물을 받은 소녀는 무척 기뻐했어요. 시인이 절망감으로 파기 시작한 구덩이는 결국 소녀의 꿈이 담긴 나채워졌고, 그 나무는 오래도록 사람들에게 희망을 전달하게 되었답니다.

64

인내는 신이다

날고 기는 사람도
계속하는 사람한테는 당해낼 재간이 없다.

• 오오하시 에츠오 •

신들의 질투

　사람은 본래 무한한 인내력을 가지고 태어났어요. 우리가 아직 걷지 못하는 아기였을 때를 생각해 보세요. 우리는 걷기 위해 수천 번 비틀거리고 넘어졌지만, 결코 포기하지 않았어요. 그리고 마침내 지금처럼 잘 걸을 수 있게 되었지요.

　하지만 사람들은 그 기억을 까맣게 잊어버렸어요. 바로 신들의 계략 때문이에요.

　신들은 인간이 인내력을 계속 유지하는 것이 너무나 두려웠어요. 포기하지 않고 계속 시도하는 것은 오직 신만이 가진 능력이었으니까요.

　신들은 열띤 토론 끝에 인간이 태어난 뒤, 5년 동안의 기억을 지워 버리기로 했어요. 단, 끊임없는 도전을 통해 그 기억

오오하시 에츠오 ··· 일본의 소프트웨어 기술자이자 작가인 오오하시 에츠오는 현재 '사이버로그 연구소'를 설립하여 일을 즐겁게 하는 방법을 연구하고 있어요. 저서로는 『속도 파헤치기: 일의 속도를 단기간에 3배 늘리는 방법』 등이 있어요.

을 되살려 내는 인간이 있다면 어쩔 수 없이 전능을 허락한다는 조건이 붙었어요.

　이처럼 인내는 위대하고 전능한 거예요. 세상의 그 어떤 기술과 계략도 참을성 앞에서는 무릎을 꿇고 만답니다.

65

끈기가 열쇠다

나는 천천히 걸어가는 사람입니다.
그러나 뒤로는 가지 않습니다.

● 에이브러햄 링컨 ●

그는 22세에 사업에 실패했고 23세에 주 의원에 선거에서 낙선했다.

24세에 다시 사업에 실패했고 26세에는 사랑하는 사람을 잃었다.

29세에 의장 선거에 낙선했고 31세에 대통령 선거에 낙선했다.

34세에는 국회의원 선거에도 낙선했으며 39세에 또 국회의원에 낙선했다.

46세에 상원의원에 낙선하고 47세에는 부통령 선거에 낙선하였다.

그리고 49세엔 상원의원 선거에서 또 낙선했다.

하지만 그는 51세에 마침내 대통령이 되었다.

그가 바로 미국의 제16대 대통령, 에이브러햄 링컨이다.

● 작자 미상 ●

에이브러햄 링컨 1809~1865 ⋯ 미국의 제16대 대통령 에이브러햄 링컨은 가난한 농민의 아들로 태어났어요. 그는 학교 교육을 거의 받지 못했지만 변호사가 되었고, 의회 의원으로 선출되기도 했어요. 또한 1860년 대통령 선거에서 당선되었으며, 남북 전쟁에서 북군을 이끌며 1863년에 노예 해방을 이루었어요. 그는 게티즈버그에서 '국민에 의한, 국민을 위한, 국민의 정부'라는 유명한 말을 남겼고, 1864년 대통령 선거에서 다시 한 번 당선되었지만 이듬해 암살당하였어요.

포기하지 마라
애드거 게스트

이따금 일이 잘 풀리지 않을 때
험한 비탈길을 힘겹게 오를 때
웃고 싶지만 한숨지어야 할 때
주변의 관심이 도리어 부담스러울 때
필요하다면 쉬어 가야지.
하지만 포기하면 안 돼.

인생은 우여곡절 굴곡도 많은 법.
사람이면 누구나 깨닫는 것이지만
수많은 실패도 알고 보면
계속 노력했더라면 이루었을 일.

그러니 포기는 말아야지.
비록 지금은 느리지만
한 번 더 노력하면 성공할지 뉘 알까?

성공은 실수와 안팎의 차이
의심의 구름 가장자리에 빛나는 희망
목표가 얼마나 가까운지는 모르는 일.
생각보다 훨씬 가까울지도 모르지.

그러니 얻어맞더라도 계속 싸워야지.
일이 안 풀릴 때야말로 포기하면 안 되지.

공부가 되는 긍정 명언

66

안주하지 말고 도전하라

앞으로 20년 후 당신은 저지른 일보다
저지르지 않은 일에 더 실망하게 될 것이다.
그러니 밧줄을 풀고 안전한 항구를 벗어나
항해를 떠나라.
돛에 무역풍을 가득 담고 탐험하고 꿈꾸며 발견하라.

● 마크 트웨인 ●

사막을 비옥하게 만든 남자

무사 알라미라는 사람이 있었어요. 그는 레바논 출신으로, 부유한 집안에서 태어났고 영국식 교육을 받은 사람이었어요. 그런데 레바논 전쟁이 일어나 그는 전 재산을 모두 잃고 살던 곳에서 떠났어요.

요르단 강 부근의 사막에 도착한 무사 알라미는 주위를 둘러보았어요. 그곳은 수천 년 동안 풀 한 포기 난 적이 없는 사막이었어요.

'이곳에도 분명히 물이 있을 거야.'

무사 알라미는 예전에 사막에서 지하수를 이용해 농사를 짓는 데 성공했다는 이야기를 들은 적이 있었어요. 그는 뜨거운 태양이 끊임없이 내리쬐는 이곳의 모래 밑에도 물이 있을

마크 트웨인 1835~1910 ··· 미국의 소설가인 마크 트웨인의 본명은 사무엘 클레멘스예요. 가난한 어린 시절을 보내며 많은 일을 하였지만, 이때의 경험이 그의 작품 활동을 하는 데 큰 도움을 주었어요. 그는 신문 기자로 일하다 1867년 단편집을 내면서 작품 활동을 시작하였어요. 그는 당대 사회를 풍자하는 작품을 많이 썼으며, 대표작으로 『허클베리 핀의 모험』, 『도금 시대』, 『왕자와 거지』 등이 있어요.

거라고 생각했어요. 무사 알라미는 이곳에 지하수를 파서 농사를 지을 계획을 세웠어요.

무사 알라미의 계획에 모든 사람이 그를 말렸어요. 사막 근처에서 마을을 이루고 오랜 세월 동안 살아온 베두인들뿐만 아니라 사막을 연구하는 과학자까지 나서 무모한 일이라고 말했어요.

그러나 무사 알라미는 가난한 마을 사람 몇 명과 사막 한가운데로 떠났어요. 그중에는 곧 세상을 떠날 노인도 있었어요.

무사 알라미와 사람들은 땅을 파기 시작했어요. 성능 좋은 기계도 없이 곡괭이와 삽만으로 끝없이 땅을 팠어요. 뜨겁게 내리쬐는 볕 아래에서 화상을 입어 가면서도 그들은 포기하지 않았어요.

그렇게 몇 개월이 지난 어느 날, 드디어 물기를 머금은 축축한 흙이 나오기 시작했어요. 그리고 결국 그들이 파낸 구덩이에 물이 차올랐어요. 그 모습을 본 노인은 엉엉 울며 말했어요.

"이제 나는 죽어도 여한이 없다네. 사막에서 물이 나오는 것을 내 이 두 눈으로 똑똑히 보았으니."

수천 년 동안 버려져 있던 이 사막에는 이제 온갖 과일과 채소가 자라고 있어요.

백만 엄마들의 가슴을 뛰게 만든 바로 그 책,
〈공부가 되는〉 시리즈

- 재미와 호기심을 충족시키며 교과 연계 학습까지 되는 기초 교양 학습서
- 연이은 백만 엄마들의 뜨거운 호평, 출간 즉시 베스트셀러 도서
- 통섭과 융합형 교과서로 하버드 대학 교수가 추천한 도서

★ 2010, 2011, 2012 문화체육관광부 · 어린이문화진흥원 · 행복한 아침독서
국립어린이청소년도서관 · 학교도서관 사서협의회 추천 도서 선정

〈공부가 되는〉 시리즈는 계속 출간됩니다.

호주 초·중등학교 최고의 인성 교재

십대가 시작되는 시기부터
늘 머리맡에 두고 반복해서 읽어야 할 책

태도
줄리 데이비 글, 그림 | 박선영 옮김
14,000원

목표
줄리 데이비 글, 그림 | 박선영 옮김
14,000원

진정한 부
줄리 데이비 글, 그림 | 장선하 옮김
14,000원

선택
줄리 데이비 글, 그림 | 장선하 옮김
14,000원

〈초록별〉 시리즈

꿈이 되는 이야기, 마음을 키우는 책 읽기

엄마는 외계인
박지기 글 | 조형윤 그림 | 8,500원

아빠가 보고 싶은 아이
나가사키 나쓰미 글
오쿠하라 유메 그림
김정화 옮김 | 11,000원

친구 만들기
줄리아 자만 글
케이트 팽크허스트 그림
조영미 옮김 | 11,000원

아기 토끼의 엄마 놀이
모리야마 미야코 글
니시카와 오사무 그림
김정화 옮김 | 11,000원

왕따 슈가 울던 날
후쿠 아키코 글
후리야 가요코 그림
김정화 옮김 | 11,000원